言語機械《マシーン》

ハルムス選集

小澤裕之 編訳

未知谷

言語機械　目次

言語機械《マシーン》——ハルムス選集

お粥と衣装箱を飲みなさい――大人向けに書かれたもの

ダニイル・ハルムスは奇妙な作品を量産した。それは詩、散文、戯曲、詩劇、エッセイにわたり、ジャンルを問わない。とりわけ詩においては、ザーウミと呼ばれる理知を超えた言葉や破格の文法を用いて創作を行なったため、何が書かれているのかさえ把握できない作品が多い。また、彼は響きの似ている単語に着目し、語呂合わせなどの言葉遊びを詩に取りいれた。同様のことは詩劇にも当てはまる。

その一方、散文は簡明で、短く、何が書かれているのかを容易く理解することができる。とはいえ、あまりに簡明すぎ、短すぎ、不思議なことが書かれているため、うまく咀嚼できず、しばしば奇妙な味わいが残る。

なお、いくつかの詩に登場するヴヴェジェンスキーとザボロツキーは、ハルムスと同じ芸術家グループ「オベリウ」に所属したメンバー（オベリウ派）である。

鉄道での出来事

いつだったかお婆さんが振ったら
すぐさま汽車が
子供たちに与えて言った
お粥と衣装箱を飲みなさい。
朝になると子どもたちは戻っていった。
子どもたちは柵のうえに腰かけて
言った。黒毛の馬
こき使われたりしないぞ
マーシャもそんなじゃない
お好きなようにもしかすると
ぼくらは砂だって舐める
空が表現したこと。
駅に這い降りてください

こんちは　こんちは　グルジア

どうやってぼくらはそこから出ればいいのか
この大きなもののそばを通って
柵じゃない。ああ、お前たち子どもたち
黄檀がはえていて
車両の上へ飛びこみながら
洗い直したのは
びっくりしてカワメンタイを
七頭の牡牛で囲いこんで
ポケットから金を出したものじゃない
顔の中のグレーな金を。
それはさておき。そのあと煮えた
ずっとスープを——おばさんが言った
ずっとマヒワが——故人が言った
体だって沈み
愛想よくチチチとさえずった

でも代わりにちょっと退屈で
まるで戻ってるみたい
子どもたちは聖体礼儀を聞いていた
肩に羽織りながら
小ネズミが前掛けの中に駆けて行ってきた
両肩々を引き裂きながら
一方グルジア女は敷居の上で
ずっと復唱していた。――グルジア男のほうは
山の下で体を折って
泥濘の中を指で探っていた

一九二六年

火事

部屋。部屋が燃えている。
赤子が揺り籠からはみでて
お粥を食《は》む。上にむかって
天井すれすれに
頭をさかさまに姉《ねえ》やが眠りこんでいた。
壁が燃えている。皿はカタカタ
父はバタバタ。父「火事だ！
あそこで坊やの坊やのペーチャが
風船みたいにぷるぷる震えている
私はどこで猿を見つければいいんだろう
息子のかわりに」建物《かべ》のかわりに
尖んがり暖炉が空にむかって
煙突から煙を吐きだしている

姉やは寝ぼけ眼でまくし立てる。
姉や「私はどこ何が起きたの
世界はまくれて
ペーチャはお化けみたいに飛んでゆく」
ほら赤子の長靴が見え隠れしている
影がさっと過ぎ、蔓が
ヒューヒューいって屋根に巻きつく。
家は天秤みたいに揺れている。
姉やは吃驚して走りまわり
ペーチャと吊床《ハンモック》を探す。
「まあ一体どこなの可愛い坊やペーチャ
まあいいわお粥は残したの？」
「姉や！　ぼく燃えちゃうよ姉や！」
揺り籠を見る
いない。鍵の中を覗く
見える。部屋はからだ
煙がもうもうと窓へ押しよせる

綿ぐもみたいに薄っぺらな壁
炎が軒下で渦を巻く
すぐさま雷鳴、そして雨が伝う
すると心がからだを締めつける
黄金ヘルメットを被った人びとは
斧で空を切る
じょうようしゃの消防隊長は
じょうろの水を掛ける。
姉やは彼らに向かう。——坊やのペーチャを
見ませんでしたか。つい
昨日のことなんです、ご飯をあげたのは。
消防隊長——上計《あげ》ですな！
姉や——ああ！　ところでどこに、決まりがあるんです
あんなに褒められた規律はどこに。
消防隊長——あんたのペーチャは、隣なりにいる
ツェッペリン号のところで寝ているよ
あの子は焼け死んだのだ。パパが壁叩《なげ》いてる。——

息子が可哀想。
姉や——いやあ!
あの子は焼け死んだ。やけに壁叩いてる
苔に倒れる。

一九二七年二月二十日

ヴヴェジェンスキーへ

滑稽な風呂の中へ友人が落っこちた
周囲の壁がぐるぐる回っていた
魅惑的な雄牛が泳いでいった
家の上に街路があった
すると友人は砂上を　ちらちらと見え隠れしながら
室内を片足に靴下を　穿いて歩き回っていた
手品師みたいに片手を動かしながら
左手だったり、それから右手だったり
そして　ベッドの上に身を投げだした
湿原でウズラクイナが
小さな　ヘッドみたいにちゅんちゅん鳴き、失言していたとき
ぼくの友人はもう風呂にいなかった。

一九二七年三月五日

ヴヴェジェンスキーの哲学への注釈

§1——驚き

彼は、四つん這いで部屋に駆けこみ
部屋に机が作られてあるのを見つめる
ああ、四階に来られて嬉しいのだ
若さも恥も繕うのを忘れたので
リパフスキー*は気軽にぐびぐび飲んでいる

* ハルムスの親しい友人。二人共「チナリ」というサークルのメンバー。

一九二七年三月初旬

Ⅰ手品

ぼくらに囲まれ木の棒に
フロックコートを纏った一羽のカッコウが止まっている
真っ赤なプラトークを
鱗に覆われたその手で大切に握りしめて
ぼくらは皆お婆さんみたいに気がふさぎ
ぽかんと口を開けて前方の
金色の腰かけを眺めている
皆はただちに恐怖に襲われ
イワン・マトヴェーエヴィチは恐怖のあまり
時計をポケットに入れ換えた
ソフィヤ・パーヴロヴナは婆さんだ
血管が収縮したまま座っていた
カーチャは小窓に見惚れながら

獣の足をピクピク動かして
冷たい汗にまみれて
チンチラの毛皮に折れ曲がっていた
整理ダンスの下から騎士が乗って行った
顔が祈りのように美しい
彼は子どもの頃から園丁だった
彼に女友達が剃刀が
運命数を忘れたまま
彼は鶏を咥えていた
イワン・マトヴェーエヴィチは引き攣った
シャツの間にレバーを追い立ててから
ソフィヤ・パーヴロヴナは厳格だ
後頭部を突き出して座っていた
そこからツノと
百十四本の瓶が生えた
自分のネクタイを締めたカーチャは
小さな指でナイチンゲールのように笛を吹いて

恥ずかしそうに毛皮にくるまり
花婿に授乳してやっていた
しかし乳房にはカッコウが身を屈めていた
蛆虫のようにカッコウは微笑んでいた
そのあと両脚で立っていた
それでカーチャは吃驚した
驚きのあまり震えだした
なんとお皿が逃げてった。

一九二七年五月二日

ザボロツキーへ

人生の道標が消え去ったのを見ている
ぼく自身はグラリともせずに
レニングラードから立ち去った
ジェーツコエ・セローに立ち去った

友よ私に文を書いておくれ
仕草の燃えているうちに
君の詩行は鹿のように疾く駆けてくるだろう
眼前の蠟燭のように。

一九二七年七月十日

ザボロッキーを訪ねて

いよいよ近づいた家は
野に立っていて
ドアを開けはなった。

そして小さな段へぴょん！　走る。
それから四回目。
家は川岸に立っている
ぴったり川岸に。

いよいよドアを拳でノックする
「ぼくを開けて入れてくれよ！」
でも樫のドアは沈黙している
一家の主の腹の中に。

主は部屋の中で横になり
部屋の中で生活している

それからぼくはこの部屋の中を覗く
それからぼくはこの部屋の中に入る
中で煙草の煙が
肩に絡みつく
おまけにザボロッキーの手が
部屋を駆け
翼ある喇叭を摑み
至るところで吹き鳴らす。
音楽が躍る。ぼくは入る
高価な山高帽を被って。

自分から見て右に座り
一家の主を嗤う
彼を見ながら読む

狭い詩を。

川の上に
野の上に
（遠くに）立っている家は
エンドウ豆に似ている。

おしまい。

一九二七年十二月十四日

一九三一年三月二十八日夜七時の就寝前の祈り

神よ、真昼間に
私は怠くなってしまいました。
横になって眠ることをお許しくださいい神よ
そして目が覚めるまで私にいっぱい教えてくださいい神よ
あなたの御力で。
たくさんのことが知りたいのです
でも本も人も教えてくれません
ただあなただけなのですわたしの蒙を啓いてくださいい神様
わたしの詩によって。
わたしを目覚めさせてくださいい意味との闘いに強く臨めますように
言葉のコントロールが素早くできますように
神の御名を熱心に褒めたたえられますように
世々に。

一九三一年三月二十八日

〈ボブロフは〉

ボブロフは通りを歩きながら考えていた。スープに砂を入れたら、スープが不味くなるのはどうしてだろう。

ふと見ると、とても小さな女の子が地べたに座り、両手でミミズを一匹つかんだまま、大きな声で泣いている。

「何を泣いているの?」ボブロフは小さな女の子に尋ねた。

「泣いてるんじゃなくて、歌ってるの」女の子は答えた。

「じゃあ、どうしてそんなふうに歌ってるの?」ボブロフは尋ねた。

「ミミズが楽しくなりますようにって」女の子は答えた。「あのね、わたしナターシャっていうの」

「なるほど、そういうことだったの?」ボブロフは驚いた。

「うん、そういうことだったの」女の子は答えた。「さようなら」女の子は自転車に乗って行ってしまった。

「こんなに小さな子がもう自転車に乗っている」ボブロフは思った。

一九三〇年

〈実に奇妙なことに〉

実に奇妙なことに、言いようがないほど実に奇妙なことに、壁のむこうで、まさにこの壁のむこうで、男が赤い長靴を履いた長い足を伸ばし、怒った顔をして床に座っている。壁に穴を開け、中を覗きさえすればすぐに、この怒っている男の座っているのが見えるだろう。

しかし彼について考えるには及ばない。彼は何なのだ？　彼は想像上の空虚から私たちのもとへ飛んできた、死せる生のわずかな一部ではないのではないか？　彼が誰であれ、そのまま放っておこう。

一九三一年六月二十二日

〈ぼくが座っているのは椅子だ〉

ぼくが座っているのは椅子だ。椅子があるのは床だ。床は家に作りつけられている。家は大地に建っている。大地は四方に延びている。右に、左に、前に、後に。では大地はどこで尽きるだろう?

尽きないということはありえないではないか! 必ずどこかで尽きるのだ! ではその先は何だ? 水か? 大地は水に浮いているのか? かつて人びとはそう考えていた。こうも考えていた。水が尽きるところ、そこで水は空と出会うのだと。

そして実際、周囲に視界を遮るものが何もない、海に浮かぶ汽船で身を起こせば、とても遠くのある場所で空が下降し、海と出会っているように思えるだろう。

ところで、人びとは空のことをガラスのように透明な何かで出来た、巨大で堅固な円蓋だと思っていた。しかし当時まだガラスは知られていなかったので、空はクリスタルで出来ていると言われていた。そのため空は固い盤と呼ばれており、空ないし固い盤が最も頑丈で、最も不変のものだと考えられていた。万物は変わりうるが、固い盤だけは変わらないのだと。だから、変わらないはずの何かについてわれわれが話をしたくなるまでは、次のように言える。それを承認しなければならない、と。

それから、空を移動しているのは太陽と月で、星は動いていないということを人びとは見てとった。いっそう注意深く観察しはじめると、これらの星が空のうえで様々な形をとって並んでいるのに気がついた。あの七ツ星は取っ手のついた鍋の形をしている、あの三ツ星はまるで整列しているみたいにまっすぐ並んでいる。人びとはある星をべつの星と区別することを覚え、星もやはり動いていることを知った。ただし、それらはいっぺんに、あたかも空に釘付けにされているように、空と一緒に動いているのだった。そして空が大地の周りを回っていることを突きとめた。

こうして人びとは、星が作りだす個々の形に全天を分割し、それらを星座と名付け、星座に固有の名前を与えた。

ただし、すべての星が空と一緒に動いているわけではないことに、ほかの星のあいだを彷徨っている星もあることに、人びとは気づく。彼らはそういう星を惑星と名付けた。

一九三一年

新解剖学

ある少女の鼻から二本の水色のリボンが生えた。滅多にないことだ。なぜならば、片方には「火星」と、もう片方には「木星」と書かれていたからである。

一九三五年

寓話

一人の背の小さな男が言った。「たとえほんの少しでも背が高くなるなら、何でもするんだがなあ」

そう彼が口にすると、目の前に魔女が立っている。

「何がお望みだい」魔女が言う。

背の小さな男は突っ立ったまま、恐ろしさのあまり、一言も答えられない。

「さあ！」魔女が言う。

背の小さな男は突っ立ったまま黙っている。魔女は消えた。

すると背の小さな男はわっと泣きだし、自分の爪を噛みはじめた。手の爪をぜんぶ食べてしまうと、今度は足の爪を食べはじめた。

読者よ、この寓話についてよく考えてごらん。気分が悪くなるから。

一九三五年

報復

作家たち

使徒たち

私たちは腕を組み
目を閉じました
空気をゴクゴク
頭上は雷雨
鳥のワシ
動物のライオン
波のウミワシ
私たちは失心して佇んでいます
まことにべーは
神々のはじまり
しかし私とお前は
この桎梏から逃れられない
作家たちよ、教えておくれ

作家たち
使徒たち

エフなのか「カー」なのかを。
天上の知恵に
私たちは遠く及びません。
百年《なでなで》
仮面《ざぶざぶ》
ランニング《ひだひだ》
ニンゲン。

これは穴
これは穴暗
これは穴倉
われらの牧場《まきば》と雌牛らの。

これはルイニ
これはムルイニ
これはクルイニ
これはポルイニ。

作家たち　ご覧ください　ご覧ください
明るい野原が広がっています
ご覧ください　ご覧ください
乙女が野原を走っています
ご覧ください　ご覧ください
乙女　天使　ヘビ。

使徒たち　火
大気
水
土。

ファウスト　おれの出番だ。
作家たち　私たちは急いで戻ります
戻ります。ご婦人方が
戻ります。私たちも戻ります
でもどこへ行けばいいのか分かりません

ファウスト　実に下らない！
それ、野に乙女がいる。

あの娘《こ》のもとへ行くぞ。
左へ行ったな。
お嬢さん、待ちなさい！
右へ行ったな
ええい聞き分けのない娘だ本当に！

作家たち　あなたのほうで手招きするのです
お待ちなさい　お待ちなさい
誰に要　追いたてなさい
お行きなさい　お行きなさい。

ファウスト　おれは天から権力を授かった
天軍の勇士である
作家たちよ　貴公らはウルヘカド　セイチェ！
消えさりたまえ！

作家たち　恐れ　おののき
おののき　早駆け
早駆け　おののき
でもいきなり間違え。

ファウスト　貴公らを見たらこの眉間に皺がよった
貴公らはおれの血が沸きたつのを感じとったのだな
気をつけたまえ文士の犬野郎ども
灼熱の鉄板のうえで
お前たちは踊らずともよかったのではないか

作家たち　い　い　い　い　い　い
い　いま　全部分かりました
どうしてあなたはそんなに憤慨しているんですか
私たちがひどく臭うせいではないんでしょう?

ファウスト　なんですと?
よくもまあおれを臭い嗅ぎだなどと思えたものですな。
ここから立ち去りたまえ。消えたまえ。
おれはここに残って恋焦がれる
ひとりマルガレーテを想い。

作家たち　出てゆくよ　出ちゆこよ
出つゆくよ　出たゆこよ
出くぃゆくよ　出かゆこよ

ファウスト

だがな髭の魔法使いめ貴様をうまいことコテンパンにしてやるぞ
おれは小川に飛びこむ
だが小川はコード
心臓をおさえる
でも心臓はコッテージチーズ
ランプに自分を映す
だがランプにはコード紙
風が怖い
だが風はボール紙。
だが君マルガレーテよ
決して決してないない
夢みたいにマルガレーテよ
私のもとへやって来ない
若々しい口ひげは
輪っかでぐるぐる巻かれ
金色《こんじき》のお下げは
こんこんと流れる

目を見開く
天の影は
一瞥で成敗し
燃ゆ飛影も
おれはマルガレーテへ佇む
うつむきながら　七賢ぼろし
だが君マルガレーテは
夢まぼろし。

マルガレーテ

さわやかな空気のなか　ながれ
白い小卓が飛んでゆく
天使はビスケットを味見しながら
わたしたちの部屋を覗いている
愛しいフリードリヒ愛しいフリードリヒ
わたしを背高の戸棚に隠してちょうだい
悪魔が鉄のフォークで
わたしを突き刺さないように
立って忠実なお方立って愛しいお方

ファウスト

扉を石で塞いでちょうだい
悪魔が鉄の水で
わたしのナイフを摑まえないように
あなたのために山を出て
同じプラトークをして来るわ
でも時計は丸くて速い
天井での日々は早い
わたしたちは死ぬわ。羽根が消えるわ
星がそこかしこで輝きだすわ
そして実直な木々は
墓地のうえで生い茂ってゆくことでしょう。
おれは何を聞いているのだ?
まるで灯心がチリチリ燃えているよう
まるでネズミがカリカリ引っかいているよう
まるでゴキブリが釘を呑みこんでいるよう
まるでおれの隣家の
住人で孤独な運命の男が

マッチを手探りしているよう真夜中の手と
爪で　ごろつきが
水がいっぱいのコップにうっかり触れて
それからため息ついて、あくびして
あごひげの端っこをなでているよう
それともこれは雲に包まれ
甘やかな夢に感動したフクロウが
羽を震わせはじめたのかもしれない
それともこれは部屋のミツバチ
それともこれはドアのむこうで馬が断き
アブがその頭の後ろを刺しているのかもしれない
それともこれは　さっぱりした長衣を着たおれが
寄る年波にヒューヒュー息を切らしているのかもしれない

マルガレーテ

高層住宅のうえを
星と星のはざまを　草と草のはざまを
わたしたちのうえを天使らが歩きまわって
寝ぼけ面をあげた

使徒たち

尚高く端正かつ偉大なり
大天使たる君主のみ
水より甦りて
神の園を造る
かしこ　神の波止場を
（わたしたちには理解できない）
輝ける「支配」*の彷徨う
御姿なければ御言葉もなし
尚高く「権威」が御休みになられ
尚高く「勢力」が休御みになられ
尚高く「主権」が一人卸みになられ
われらは顔を隠すだろう　伯爵
何となれば「権威」は形を舐めるからである
何となれば「勢力」の動きの総首長ゴグだからである
何となれば「主権」の知恵が
天の裂け目に消えてゆくからである
喜びたまえ　正教信者

*天使の階級。後出の「権威」「勢力」「主権」も同様

神

言葉の人びとよ
ハッピー　「権威」には樫の木を与えよう
ハッピー　「勢力」には石を贈ろう
ハッピー　「主権」には時間を進呈しよう
優しい木も血族たちにちぇっ
クフ　クフ　クフ
玉座　ゲリネフ
ケルフ　天と地
セラフ　讃え　おまえ

ファウスト

おれは佇む
遠くに　近くに
火に額
泥に腹
夏はツク
冬サムク
真昼ツクツク
クル　キル　カル

時が満ちる
長兄アロンは眠る
兄弟はうめく
三方向から
夏はツク
冬サムク
真昼ツクツク
クル　キル　カル
愛は去れ
粗走《あらそう》
眉動《びどう》
唇揺《しんよう》
夏はツク
冬サムク
真昼ツクツク
クル　キル　カル
おれは消えた

科学のなか
おれは蚊が
クモはお前
夏はツク
冬サムク
真昼ツクツク
クル　キル　カル
おれたちの側《がわ》に寄越しておくれ
頭の皮を
足を入れかけておくれ
おれたちの棲み処に
夏はツク
冬サムク
真昼ツクツク
クル　キル　カル
マルガリートフ
走るのが聞こえる

すらりとした山の
しなやかな川の
夏はツク
冬サムク
真昼ツクツク
クル　キル　カル
吾ら時代の甲冑もてり
戦蘭《せんらん》　闘牛
空が暗くなってきています
ツバメ鳥たちは飛んでゆき
鈴が鳴り響いています。
翁よマルガレーテを思い出そう
おれの髪の池を、小川を
ああマルガレーテに会えるだろうか
誰がおれのことを分かってくれる？
ロウソクが
この文には多い

使徒たち
作家たち
ファウスト
使徒たち

サーベルが多い　かわりに
恐怖もなければ動きもない
皿を寄越せ。

ファウスト　準
備よし　オレーグがラッパを吹いている
犬の
遠吠え　風のオーボエ
闇のなかを鬼《き》がそよいでいる
水差しはどこだ――ワインの容れ物は？

作家たち　この小さな容れ物には
散文も詩もあります
しかし誰も私たちを非難しないでしょう
私たちは控えめで物静か。

ファウスト　詩を読ませていただいた
すばらしかった

作家たち　ありがとうございます。
本当にうれしいです

ファウスト　詩は美しく、調べが見事だった。
作家たち　ああやめてください
これは言葉の無意味な堆積なのです
ファウスト　まあたしかに
そこには水もあるとはいえ
しかし意味の朦朧とした群れがさまよっている
たとえばこんな詩行だ。
「友よ愛のなかにはどこでも
いたるところゴモクズどもとゴミクズども」
言葉がまるで薪みたいに組まれている
そのなかでは意味が火のようにゆらめいている
つづきを見てみよう。こんな詩連を。
「家に家が駆けよって
大きな声で言うには
だれかの死体がベッドで寝ている
街灯のそば
彼の胸のなかで短刀が

雲母みたいにふくれあがった
ぼくは思った——これは死体だ
そして煙突から煙を排出しながら
ここにやって来たのさ」
これは意味の馬だ。
私たちは書いた　創作した
韻を踏んだ　コルマヴァーチした
ペルマドゥーチした　ガルマジェーチした
フォイ　ファリ　ポギギリ
マガフォリ　そして揺すった
ルア　レオ
キオ　ラウ
馬　フィウ
ペウ　ボウ
岬　岬　岬
貴公らはこっちのほうがよくご存知だろう。

作家たち
ファウスト

一九三〇年八月二十二〜二十四日

水とフニュ

フニュ　どこへ　どこへ
急いでいくの、お水さん？
水　左のほうへ
あそこ　曲がり角のむこうに
あずまやが建っている
あずまやにはお嬢さんが腰かけている
その髪の黒々した網に
やわらかな体が包まれた
その鼻梁にツバメが飛んできた
ほらお嬢さんが立ちあがって園に出ていった
もう門のほうへ歩いてゆく。
フニュ　どこですって？
水　あそこ　曲がり角のむこうで

お嬢さんのカーチャが草地を踏みしめてゆく
丸い踵で
左目には矢車菊が
右目には
月の小丘が輝いている
ファカトデ…

フニュ
なんですって？
水
いまのは水の言葉で話したの
フニュ
あ、誰か私たちのほうに歩いてくるわ
水
どこ？
フニュ
そこよ。
水
この人は漁師のフォームカだわ。
彼の娘がわたしのなかで溺れたの
わたしに石をぶつけにきたのね
さあ最近あったことを
大声で話したほうがいいわ。
漁師
おれは一人。

おれのなかから枝が何本も伸びている
ざらざらの手は針葉を持ちあげられない
海のなかを覗きこめば
すぐに涙が溢れてくる
小舟に乗りこむが
小舟は沈む
岸に飛びのると
岸が揺れる。
おれの爺さんたちが生活していた
暖炉のうえへ這いあがるが
暖炉は崩れおちる
おい、漁師の同志たちよ
おれは一体どうすりゃいい？
（フニュに気づく）まさか、フニュなのか？
フニュ　（沈黙）ええ、私よ。
そしてこの人が、私の婚約者ニカンドル。
ニカンドル　実はおたくの娘さんのことが好きなんです

そのことでお願いがあります
娘さんの純潔をぼくにくださいませんか
ぼく自身はブトゥルリノ地方の出で
処女たちを手籠めにしてるんです
チェスで彼女たちにわざと負けながら。
漁師ちゃんあなたにはお礼に
スチールの漁網と
コルクの浮きを差しあげます。

漁師
あんがと！　あんがと！

ニカンドル
ほれ50コペイカ！

水
なんていまわしい光景を
わたしは見ているんだろう。
年寄りが50コペイカを口にくわえた。
早く　早く　曲がり角のむこうへ
自分の響きわたる流れを向けよう。

フニュ
じゃあね、お水さん。
あなた私のこときらい？

水
フニュ
水

ええ、あなたの足はあんまり細すぎるんですもの。
わたし行くわ。杖はどこかしら?
あなた黒髪のおさげは好きかしら?
セララ　セララ
リュ　リュ　リュ
セセラ　セセラ
クリュープ
クリュープ
クリュープ。

おしまい

一九三一年三月二十九日

フニュ

ソコローフ*に捧ぐ

フニュは歩いて森を出た
沼地と粘土を踏んでいった
フニュは木の根っこを食べて暮らしていた
ワタリガラスの角エゾイチゴ
もしくはフニュは摘んでいた
陽気なホップや原住民の林の新芽
神々は馬車で出かけられた
はっきりと御力が感じられた
つる植物の樹液とネヴァ河のアロエで満たされた神々の
そして頭蓋の上のほうで思考がすっかり石みたいになって寝そべっていた
苔のなかで飢えながら
胸をぐいと留め金へ突きだし
旅人らが魚のスープを煮ていた

*ロシアの画家ピョートル・ソコローフ

裸のモモンガが飛びかかっていた
連中はときおり頭を下に枝にぶらさがって
ほんの少しだけ休み、恐ろしい唸り声をあげ
スープの入った釜に飛びかかり
肉を赤い口にくわえた
あるときはウソ鳥がネチクの茂みのなかへ飛んでゆき
あるときは熊が木から落ちないよう爪を樹皮に突きたて
シジュウカラの司法制度について考えていた
あるときは神が茂みのなかでチョウのさなぎをあやしていた
二頭のオオカミはトランプで遊んでいた
夜のスヴィドリガルの様子はこんな具合であった。
フニュはそこを急ぎ足で駆けぬけ
心臓の鼓動の切株《バクバク》を数えながら思案していた
砂漠の苦行者は帝王
宙空の爆弾は女王
両者まとめて人間が天才であることの最善の証明である
彗星は地球に衝突させておくがいい

われらが母の進路を邪魔させておけ
もしも炎のガールフレンドたる泡が黒の噴火口のうえで
肢に天空のカラクールの毛皮をつけたハエを放せば
われらは誇らかに火山を眺め
地上の事業の
ファイルのなかの
弩級戦艦にハエザクラの花弁を浴びせることのできる
事件に天文学者の手で印をつけるのだ
われらは世界を民衆の娯楽に変え
いたるところで人口密度を上げた。
つい先だってはジュピターが鼻を上にむけて飛んでいた
四二二年に一度の自分の名の日を祝いながら
滑稽な彗星がボウルの形で
グラフィラ*のクリスタルのお腹のなかを通りすぎるまで
星の円盤はすぐに見えなくなった
あえかなエーテルは消えてしまった
算術の砂漠のなかでさえ苦行者は孤独に身を置く力を失った。

＊聖女グラフィラ（？〜三二二年）

フニュは先へと歩いてゆき　少しだけ
しなやかな体を上にして滑った
村の明かり　川のせせらぎ　森のさざめきが
刻一刻と遠ざかった
フニュは歌った。きれいな湖が
そこかしこに弱く光りながら広がっていた
あるときは危険な虻がブンブンと音を立てて飛び
あるときは二本の柱のあいだで轟いている電線がキイキイ鳴った
白い絶縁体のうえで。あるときはランプが
でこぼこの石畳を照らしていた
ふわふわの泥道に敷かれた
快適な足場を
またあるときは小さな白いハンカチがハコヤナギの天辺にちょこなんとしていた
あるときは横柄なエンジンがうなっていた
大きな永遠の門にむかって
フニュは両手をパチパチ鳴らした。

明るい丘が細い影の矢を投げかけていた
フニュが谷を飛びこえると
丘の影はフニュを雌虎に変える
フニュは袖で涙を拭うと
チョウチョを編み籠に投じるのだった。

おやすみチョウチョさん　お前たちミスジチョウは
野に咲く花床のうえの空気の農婦
お前たちは　振り　笛
お前たちは　褐色の樽持ちの女魔法使い
お前たちは　象鼻のバネみたいな御獅着せ
ねえ、花のお粥をすすってごらんなさい
お前たちは　戦が太ったみたいな太刀魚
スラヴ女を引っ叩いてごらんなさい
お前たちは　翼の平面のうえの決闘のメダルをつけた農村図書室の室長さん
響け　クルクルー
お前たちは　新聞から切りぬいた型紙の仕立屋さん

チェブィシェフ教授*を思い出してごらんなさい
お前たちは　ウラベニイロガワリ茸
紅色の鍵におなり
私はお前たちで籠に錠をかける
自分の幼年時代を失くさないように。

フニュは電信柱に
一息つくため寄りかかった
フニュの頬から生気が失せた。正面で
内気な窓が開かれた
草地を蛇がちょろちょろ走りぬけた
しなやかな舌を出しながら
彼女の目のなかで不思議なコペイカ硬貨が煌いた
フニュはゆっくり息をしていた
消耗してしまった力を取りもどし
筋肉ではち切れそうな小瓶をゆるめながら
彼女はカーディガンの下の乳房に触れてみた

＊相対性理論の進展に大きく貢献した数学者

総じて魅力的なお嬢さんだった
ああ、このことを世の人びとが知っていてくれれば！

過去を知るのはとても心地よい
確実なものを信じるのは心地よい
論理法則で把握できる本を何千回も読みかえすのは
科学の暗がりを迂回するのは心地よい
愉快な観察をするのは
神は存在するか？　という質問に、何千もの手が挙がる
神は虚構だと思いたがり。
われらは科学の手つかずのキャンバスを
廃棄するのがうれしくて仕方ない
われらはガリレオを敵とみなした
新しい鍵をもたらしたガリレオを
ところがいま五人のオベリウ派は
ふたたび信仰の諸算術のなかに差しこんだ鍵を回したオベリウ派は
家々のあいだを放浪しなくてはならない

意味をめぐる慣習的な考え方を破壊するために。
気をつけよ　帽子が無事に残っているように
額から木が生えないように
ここでは獅子は、死んでいても、生きている犬より強い
たしかに私の丸太小屋には客が訪れない、それは言わないといけないだろう。
フニュは一息つくと、丈夫な骰を振りあげ
先へ進んだ。
素直に水が割れた
魚がきらめく。冷えてきた。
フニュが小さな穴を覗きこんで祈りをあげたのは
論理の限界に到達したときだった。

もうわたしは心配しないわ
地球を　熱がなくなったことを
話しあっている地球を
フニュは自分の隣人にささやいた
もうわたしを襲撃してこないわ

研師カブトムシの道は
そしてもう釘はカッコーと鳴いたりしないわ
墓堀人夫の大きな手のなかで
たとえミツバチが全部トランクから飛びたってそのなまくら針をわたしに向けても
そのときも、わたしは怖くて震えたりしないでしょうよ、この言葉を信じて
君は正しいよ　可愛い子
同行者が彼女に答える
でも大地の難聴管には
実際に音が満ちているんだよ。
フニュが返事をした。わたしは愚か者として
麦わらの山のなかにいるよう生まれてきたの
四六時中タイピングの
音を聞いてることなんてできないわ
でももしチョウチョがゴボウの根のなかで
火花のパチパチいうのを聞けるのなら
でももしカブトムシが植物の声の楽譜を自分の背嚢にいれて持ってきてくれるのなら
でももし水グモが猟師の失くしたピストルの名前と父称を知っているのなら

そしたら、わたしは馬鹿な女の子にすぎないって白状しなくちゃいけないわね。
そうなのさ。彼女の同行者は言った
諸カテゴリーの最高次の純粋さはいつも
周囲の完全な無知のなかにあるんだからね。
実をいえば、それがぼくの大のお気に入りなのさ。

一九三一年四月二十三日

ルク！　ラク！　リク！　レク！——子ども向けに書かれたもの

ハルムスは『ハリネズミ』・『マヒワ』という児童雑誌・幼児雑誌に子ども向けの作品を書いていた。以下に訳出したものの内、「イワン・イワーヌィチ・サモワール」と「イワン・マサカリシュキン」は『ハリネズミ』に、他は『マヒワ』に掲載されたものである。

大人向けに書かれた詩では、ザーウミや言葉遊びは作品の内容を難解なものにする一因となっていたが、ここではむしろ、内容を豊かにすることに一役買っている。ハルムスには児童文学作家としての瑞々しい天稟がある。著名な児童文学作家サムイル・マルシャークが彼をこの分野に誘い入れたのは、まさに慧眼であった。

イワン・イワーヌィチ・サモワール

イワン・イワーヌィチ・サモワール
たいこ腹のサモワール
30リットル入りサモワール。

お湯がグラグラ
湯気パッパ
怒ったみたいにプンプンプン

蛇口をとおり、お茶わん注がれ
蛇口めがけて、中とおり
蛇口をとおり、お茶わんめがけ。

朝早く、やってきた

サモワールに、やってきた
ペーチャおじさん、やってきた。

ペーチャおじさん、こう言うよ
「さあ、飲もうかな」そう言うよ
「お茶を飲もうかな」そう言うよ。

サモワールに、やってきた
カーチャおばさん、やってきた
コップをもって、やってきた。

カーチャおばさん、こう言うよ
「もちろん私も」そう言うよ
「飲もうかしら」そう言うよ。

ほらおじいさんが、やってきた
お年を召して、やってきた

スリッパはいて、やってきた。

おじいさんが、あくびをひとつ、こう言うよ
「いただこうかのぅ」そう言うよ
「お茶がいいかのぅ」そう言うよ。

ほらおばあさんが、やってきた
お年を召して、やってきた
ステッキついて、やってきた。

ちょっぴり考え、こう言うよ
「いただこうかしらねぇ」そう言うよ
「お茶がいいかしらねぇ」そう言うよ。

とつぜん女の子がかけてきた
サモワールのほうに、かけてきた
つまりは孫が、かけてきた。

「入れてちょうだい！」こう言うよ
「お茶を一杯」そう言うよ
「あまーくしてね」そう言うよ。

今度はイヌのジューチカ、かけてきた
いっしょにネコのムールカ、かけてきた
サモワールのほうに、かけてきた

ミルクをもらうためなのさ
ミルク入りのあつあつを
あつあつミルクのあつあつを。

とつぜんセリョージャやってきた
いちばん遅れて、やってきた
顔も洗わず、やってきた。

「ちょうだい！」こう言うよ
「お茶を一杯」そう言うよ
「たーっぷりね」そう言うよ。

かたむけて、かたむけて
サモワールを、かたむけて
ふきだしたのは
ポッ、ポッ、ポッ。

サモワールを、かたむけて
タン、タン、タンスみたいに、かたむけて
でてきたものは
ポタ、ポタ、ポタン。

サモワールのイワン・イワーヌィチ！
テーブルのうえのイワン・イワーヌィチ！
金色のイワン・イワーヌィチ！

お湯はあげないよ
おくれた人には、あげないよ
ぐうたら屋には、あげないよ。

おしまい

一九二八年

イワン・マサカリシュキン

イワン・マサカリシュキン、狩りにでた
お供のプードル、トコトコ歩き、柵をぴょんっ
イワンは丸太みたいに沼はまる
プードルはマサカリみたいに川しずむ。

イワン・マサカリシュキン、狩りにでた
お供のプードル、マサカリみたい、ぴょんぴょん跳ねてとんでった。
イワンは丸太みたいに沼おちる
プードルは川の中で柵をぴょんっ。

イワン・マサカリシュキン、狩りにでた
お供のプードル、川の中で柵はまる。
イワンは丸太みたいに沼をぴょんっ

プードルぴょんぴょん、マサカリぶつかる。

一九二八年

犬のブブブのこと

とてもかしこい犬が、すんでいました。名前をブブブといいました。

ブブブはたいへんかしこかったので、絵をかくことだってできました。

ある日のこと、ブブブはいちまい絵をかきました。けれども、そこに何がかかれているのか、だれにもわかりませんでした。

ネズミのネズ子が走ってきて、絵をじっと見つめ、額縁《がくぶち》をクンクンかぐと、いいました。

「だめ、わからないわ、何がかかれているんでしょう。ひょっとして、チーズかしら、チュー、チュー、チュー！　それともロウソクかしら、チー、チー、チー！」

おんどりのエロフェイが、やってきました。つま先だちになって、絵をじっと見つめ、いいました。

「だめだ、わからないや、何がかかれているんだろう。ひょっとして、きびのおかゆかもしれないぞ、コケコッコー！　それとも、木のおけかな、ケコケッケー！」

カモのカモ子が、やってきました。こちらから絵をじっと見つめ、いいました。

「グワ、グワ、グワ！

これは、まき毛ね
グワ、グワ、グワ！

ひょっとすると、カエルかも」

そして、あちらから絵をじっと見つめ、いいました。

「グワ、グワ、グワ！

カエルじゃないわ。

グワ、グワ、グワ！

これは、まき毛ね！」

サルのマーリヤ・チモフェーエヴナが走ってきて、おなかをかきかきすると、絵をじっと見つめ、いいました。

「バル、バル、バル、バル
ボル、ボル、ボル、ボル」

「ちょっと！」サルにむかって、さけび声。「わかることばで話してよ！」

するとまた、

「ロク！　ボク！　モク！　ローク！

ルク！　ラク！　リク！　レク！」

「ねえ、あんた！」サルにむかって、さけび声。「あんたのことばは、ちんぷんかんぷん！」

サルはというと、かた足で頭のうしろをかきかきすると、走っていってしまいました。

さいごに、ゆうめいな絵かきのイワン・イワーヌィチ・プニョーフが、やってきました。

かれは長いあいだ、かみの毛をかきむしり、絵をじっと見つめていましたが、とうとう、いいました。

「いかん、この絵に何がかかれているか、だれにもわからないし、わしにもわからん」

そのとき、かしこい犬のブブブがひょっこりあらわれて、自分の絵をちらりと見るなり、大きなこえを、だしました。

「ああ　ああ！　ああ　ああ！　この絵は、ちがうほうを向いてるんだもん。うらがわを、みんな見てるのよ。ほら、よく見て！」

そういいながら、犬のブブブは絵をひっくりかえしました。

絵はたいそうすばらしかったので、ぼくらはそれを『マヒワ』（一九三六・一号）にのせることにしました。

一九三五年

そとのトラ

ながいこと　ぐるぐる　あたまを　なやませていた
どうして　そとに　トラがいるのか。

ぐるぐる　ぐるぐる
ぐるぐる　ぐるぐる
ぐるぐる　ぐるぐる
ぐるぐる　ぐるぐる
そのとき　かぜが　くるくるまった
そしたら　ぐるぐる　してたこと　おもいだせなく　なっちゃった。

けっきょく　なんでか　わからない
どうして　そとに　トラがいるのか。

一九三六年

おとこが　いえを　でました

おとこが　いえを　でました
ふとい　ぼうと　ふくろを　もって
　とおい　みちのりを
　とおい　みちのりを
あるいて　でかけました。

かれは　いつも　まっすぐ　ぜんしん
いつも　まえを　みてました。
　やすまず、のまず
　のまず、やすまず
やすまず、のまず、くわず。

そうして　あるひの　あけがたに

くらい　もりに　はいっていきました。
　それいらい
　それいらい
それいらい　いなくなってしまいました。
けれど　もしも　そのうち　かれに
あなたが　ばったり　であったら
　そしたら　すぐに
　そしたら　すぐに
すぐに　ぼくらに　しらせて　ください。

一九三七年

とんでもネコ

かわいそう　ネコが足に　ケガをした
すわって　いっぽも　うごけない。
ネコの足を　なおすため
いそいで　ふうせん　かわなくちゃ！
すぐに　どうろに　ひとだかり
ざわざわ　がやがや　まじまじ　見てる。
ネコがどうろを　すいすいすい
からだ　はんぶん　うきながら！

一九三八年

世界を登記する——エッセイ・論考

ハルムスは詩や散文などと並行し、哲学的なエッセイや論考も書いていた。そこにはかなり難解なものも含まれている。しかし、これらは彼の詩や散文と往々にしてリンクしており、彼の創作全体を把握するためには、欠かせない鍵といってよいかもしれない。今回訳出したテクストの中でいえば、「サーベル」が特に重要である。読み解くのには骨折れるものの、彼の詩学が前面に押しだされている。また、「作家クラブにおける一九三九年二月十九日のエミール・ギレリスのコンサート」は、かなり本格的なショパン論となっており、ハルムスの音楽への関心の高さと造詣の深さが感じられ、興味深い。

サーベル

§1

生は働いている時間と働いていない時間に分かれる。働いていない時間は枠組み、すなわち管を作る。働いている時間はその管を満たす。

仕事は風の姿になって
空っぽの管のなかに飛びこむ。
管は物憂げな声で歌う。
私たちは管のうなりを聞く。
すると私たちの体が突然軽くなって
美しい風に変わる。
私たちは突然ダブルになる
右にお手て――
左にお手て

右にあんよ――
左にあんよ
私たちの脇腹と耳と目と肩が
他の人たちとの境界になっている。
まるで韻のごとく私たちの境界は
鋼の刃のようにきらめく。

§2

働いていない時間は、空っぽの管である。働いていない時間に私たちはソファに寝転び、たくさん煙草を吸い、飲み、お客に行き、たくさん話し、互いに言い訳しあう。私たちは自分の行為を正当化し、他のすべてのものから切り離し、自分たちが独立して存在する権利があると言う。このとき、自分たちの外部にあるすべてのものを私たちが所有しているような気がしはじめる。私たちの外部に存在し、私たちからは区切られ、私たちやそれ（いま私たちが話しているもの）とは異なる他のすべての空間（たとえ空気で満たされていても）からも区切られているすべてのものを、私たちは物と名付ける。物は私たちのように独立して、自律した世界となり、私たちと同様、自身の外部にあるすべてのものを所有しはじめる。

自律的に存在している物はすでに論理的な順序法とは関係しておらず、私たちのように、どんな空間へでも跳びはねてゆく。物のあとを追って、名詞の姿をした単語が跳びはねてゆく。名詞は動詞を生みだし、動詞に自由選択を与える。物は名詞のあとを追いながら、新しい動詞のように、気ままに色々なことをする。新しい性質が生じ、そのあとに自由な形容詞も生じる。こうして新しい世代の品詞が育ってくる。論理の軌道から自由で、他の言葉とは区別された言葉は、新しい道を駆けてゆく。言葉の境界は、どこで始まりどこで終わるかが見えるように、少し明るい。さもなければ、私たちはすっかり戸惑ってしまうだろう。これらの境界はそよ風のように、空っぽの詩行 - 管のなかへ飛んでゆく。管は音を鳴らしはじめる。韻が聞こえる。

§3

万歳！　詩が追いこしたのは私たち！
詩のように自由ではない私たち。
管のなかで聞こえるのは風の声らしい
私たちは弱く大人しい。
私たちの体の境界はどこ
私たちの明るい脇腹はどこ

私たちはチュールのようにはっきりしない
今のところ頼りない。
単語と言葉は駆けぬけて
物はあとを追って跳びはねて
私たちも戦場で闘おう――
万歳！　勝鬨をあげよう。

このように、私たちは働いている状態に心奪われる。そのとき食べ物やお客について考える時間はない。会話は私たちの行為を正当化するのをやめる。取っ組み合いの喧嘩には正当化も謝罪もない。いまや誰もが自身に責任を負っている。自分自身の意志によって、一人で自らを動かし、他人のあいだを通り抜けてゆく。私たちの外部に存在しているすべてのものは、私たちのなかにいることをやめた。もはや私たちは周囲の世界と似ていない。世界はそれぞれ別々の断片となって、私たちの口のなかへ飛んでくる。石、タール、ガラス、鉄、木、等々。私たちは机に近寄って言う。「これは机だ。私ではない。だからこうしてやるぞ！」げんこつで机をガツン、机は半分に。私たちは半分と半分を、半分と半分は粉に。私たちは粉を、粉は私たちの口のなかに。私たちは言う。「これは粉末だ。私ではない」粉末をガツン。だが粉末はもはや私たちの拳を恐れない。

§4

ここに私たちは立ち、述べる。「ほら、私は片腕を自分の前にまっすぐ伸ばし、もう片方の腕を後ろに伸ばす。すると前方では、片腕が尽きるところで私は尽き、後方では、もう片方の腕が尽きるところで私は尽きる。上は頭で尽き、下は踵で尽き、横は両肩で尽きる。これが私の全身だ。私の外部にあるものは、もはや私ではない」。

私たちが完全に孤立したいま、もはや私たちでないものがどこで始まるのかが、もっとよく見えるように、私たちの境界をきれいに磨こう。下点――長靴――を磨こう、上点――頭――は帽子を目印にしよう。両腕には光り輝くカフスを、両肩には肩章を付けよう。どこで私たちが尽きたか、どこで他のすべてのものが始まったか、いまやただちに見て取れるだろう。

§5

これが私たちの境界の三ペアだ。

1　腕―腕。
2　肩―肩。
3　頭―踵。

§6

問い　われらの仕事は始まったか？　もし始まったのなら、それは何に存しているのか？

答え　われらの仕事はまもなく始まる。それは世界の登記に存している。なぜなら、われらはいまやすでに世界ではないからだ。

問い　もしわれらがいまや世界でないのなら、われらは一体何なのか？

答え　いや、われらは世界だ。つまり、私はそれほど正しく表現しなかったわけだ。われらは世界ではない、というわけではないが、われらはわれらであり、世界は世界である。今度はこう説明しよう。1, 2, 3, 4, 5, 6, 7等々と、数字が存在している。これらの数字はすべて、数や可算の列を構成している。あらゆる数字はそこに自分の居場所を見つけだすだろう。しかし、1は特別な数字である。それは数えられるものがないことの指標として、脇に控えている。2はすでに最初の多であり、2のあとに他のすべての数字がつづく。未開人のなかには、「一と多」のようにだけ数えることのできる者がいる。世界におけるわれらは、この数の列における一のごときものだ。

問い　分かった。では一体どのようにしてわれらは世界を登記するのか？

答え　一が他の数字を登記するように。すなわち、数字のなかに収まりながら、それが何に変わるのかを観察するようにだ。
問い　本当に一はそのように他の数字を登記しているのか？
答え　そうだと仮定しよう。それは重要ではない。
問い　おかしい。では一体どうやって、われらは世界に配置されている他の物のなかに収まるのか？　戸棚がわれらよりどのくらい奥行きと幅と高さがあるか、調べるのか？そうなのか？
答え　一は棒の形をした記号として描かれる。一という記号は、あらゆる数字の記号がそうであるように、自身を表現するのに最も適した形態である。われらもわれら自身にとって、最も適した形態である。
一は二を登記するとき、おのれの記号によって、二という記号のなかに収まりはしない。おのれの性質によって、数字を登記する。われらもそのように振る舞わねばならない。
問い　しかし、われらの性質とはどのようなものか？
答え　耳の消滅——
失聴
鼻の消滅——
失嗅
口の消滅——

失語

目の消滅——

失明。

われらも一の抽象的な性質は知っている。しかし一という概念は、なにがしかの概念と同様、われらの内に存在している。たとえば、アルシン［昔のロシアの長さの単位。1アルシンは約71cm］。一が二を登記するとは、一アルシンが二アルシンのなかに収まることであり、マッチ一本がマッチ二本のなかに収まることである、等々。このような一はすでに多く存在している。人が一人ではなく、多数であるように。われらの性質は人が存在している分だけ存在している。われら一人一人におのれ独自の性質がある。

問い　私にはどのような性質があるのか？

答え　それだ。仕事はおのれの性質を探求することから始まる。われらはこの性質をのちに道具《アルーヂエ》として用いなければならないため、それを武器《アルージエ》と名付けよう。

問い　しかし、私はどうやっておのれの武器を見つければよいのか？

§7

意味の襲来にうちかつ

術がもはやないのなら

誇らかにその戦闘からぬけだし
自身の平和的事業をおこなわねばならない。
平和的事業とは丸太小屋
のまさかり用いた建設。
耳を聾する雷鳴の世界に私はでてきた。
家屋の山が広がっていた。
しかしサーベルは戦闘の残滓
わが唯一の肉体
燕の屋根から丸太をヒュッと音立てて伐採
だが割るのは無理
事業あるいは武器を変えるべきだろうか?
敵を切るべきか家を建設するべきか?
あるいは樫の木から乙女からレースをはぎとり
それからサーベルをその胸に突きさすべきか。
私はサーベルで武装した大工
家屋と敵のように相まみえる。
サーベルで中央を一突きされた家屋

ツノを足元に垂れて建っている。
これが私のサーベル、私の尺度
信仰とペン、私の復讐の女神メガイラ！

補遺。

§8

コジマ・プルトコフは世界を試金所として登記した。それゆえ彼はサーベルで武装していた。[1]
サーベルを持っていたのは、ゲーテ、ブレイク、ロモノーソフ、ゴーゴリ、プルトコフ、フレーブニコフである。サーベルを手に入れれば、事業に着手し、世界を登記することができる。

§9

世界の登記。
（サーベルとは——尺度[2]）

おしまい。

一九二九年十一月十九〜二十日

原注1　コジマ・プルトコフは裸の将官の夢を見た。将官が肩章を付けていたのはよいが、彼がプルトコフにサーベルを渡さなかったのは残念だ。［プルトコフの小説に因んでいる。夜中に裸の少将が自分のもとに現れる、という小説をプルトコフは書いている。ちなみに、コジマ・プルトコフは、A・K・トルストイら三人の詩人が共同で名乗った架空の作家で、ハルムスも愛読していた。一八二三年から一八六三年まで試金所に勤めていたと設定されている。——訳者注］

原注2　フレーブニコフ『時間とは——世界の——尺度』（一九一六年）。

多かれ少なかれエマソンの要点に基づく論考

Ⅰ　贈り物について

不完全な贈り物、これは以下の如き贈り物である。例えば名の日の祝いに当たる者に、インク壺の蓋を贈る。だが一体どこにインク壺そのものがあるのか？　あるいは、蓋の付いたインク壺を贈る。だが一体どこにインク壺が置かれるはずの机があるのか？　もしその男の元に既に机があるならば、インク壺は完全な贈り物となるであろう。そして、もし彼の元にインク壺があるならば、一個の蓋を贈ることができるため、蓋は完全な贈り物となるであろう。必ず完全な贈り物となるのは、指輪、ブレスレット、ネックレス等の裸体の装身具である（無論その者は五体満足とする）。あるいは、片端に木製の球を括り付け、もう一方の端に木製の立方体を括り付けた、棒の如き贈り物である。そのような棒は手に持つことができるし、置くなら置くで、どこであろうと全く構わない。そのような棒はもはや何の役にも立たない。

　完全に裸の、とあるアパート住人の代表者が自分の家を建て、身の回りに物を置こうと決めたとしよう。手始めに椅子を置けば、椅子には机が必要になるであろう。机にはランプが、次にはベッドが、毛布が、シーツが、整理箪笥が、下着が、ワンピースが、洋服箪笥が、そしてこれらを全て置ける部屋等々が、必要になるであろう。このとき、かような仕組みのいかなるポイントにおいても、副次的な、細かく枝分かれしてゆく仕組みが生じうる。円卓にはテーブルクロスを敷きたい、テーブルクロスには花瓶を置きたい、花瓶には花を挿したい――。ある物が別のある物に引っかかっている、身の回りに物を置くこの仕組みは、間違った仕組みである。なぜなら、もし花瓶に花がなければ、その瓶は無意味になるからである。もし瓶を片付ければ、無意味になるのは円卓である。なるほど、円卓には水の入った水差しを置けばよい。しかし、もし水差しに水を注がなければ、花瓶に対する見解がここでも通用する。一つの物を廃棄すれば、仕組み全体が破壊されるのである。ところが、もし裸のアパート住人の代表者が、指輪とブレスレットを装着して、身の回りに球やセルロイドのトカゲを置いたとすれば、一個あるいは二十七個の物を失ったとしても、事の本質は変わらないであろう。このようにして身の回りに物を置く仕組みが、正しい仕組みである。

Ⅲ　身の回りの物を正しく廃棄すること

一人の（いつものように）月並みなフランス人作家、すなわちアルフォンス・ドーデが、つまらない考えを述べている。曰く、物は私たちに執着しないが、私たちは物に執着するというのだ。[*] どんなに無欲な人間でも、時計や外套や食器棚を失くしたら、それを残念に思うであろう。しかし、たとえ物への執着を捨てたとしても、ベッド、枕、床板、便利であろうがなかろうが石でさえ、失くしてしまえば、そしてありえない程の不眠に陥れば、物を失くしたことや物に結び付いていた快適さを失くしたことを、無念に思い始めるであろう。したがって、身の回りに物を置く間違った仕組みに基づいて収集された物を廃棄することは、身の回りの物の間違った廃棄である。他方で、木製の球やセルロイドのトカゲといった、身の回りにある常に完全な贈り物を廃棄したとしても、多かれ少なかれ無欲な人間であれば、少しも残念に思わないであろう。私たちは身の回りの物を正しく廃棄すれば、それが何であれ、何かを手に入れるということに興味を失うのである。

＊　ドーデ『人生に関する覚書』の一節を踏まえている。

Ⅳ　不死に接近することについて

人間というものはおしなべて、性的に充ち足りるか、腹が充ち足りるか、物で充ち足りるか、常にそのようなものであるところの快楽を志向する。しかし、快楽に通じる道にはないものだけが、不死に通じている。不死に通じている仕組みは全て、結局のところ、一つの規則に帰着する。すなわち、欲せざることをし続けよ。なぜならば、どんな人間であれ常に、食べたがっているか、自分の性的欲求を満たしたがっているか、何かを獲得したがっているか、多かれ少なかれその全てを一遍に欲しているからである。興味深いことに、不死はいつも死と結び付いており、様々な宗教機構によって、永遠の快楽として、あるいは永遠の受難として、あるいは快楽と受難の永遠の不在として、論じられている。

Ⅴ　不死について

神が完全な贈り物として生を与え給うた人間は正しい。

一九三九年二月十四日

作家クラブにおける一九三九年二月十九日のエミール・ギレリスのコンサート

ギレリスを聴いた。

彼のコンサートプログラムはひどい出来で、悪趣味で、締まりがなかった。われわれから見れば、ギレリスはほとんどの曲を不適切に演奏していた。

たとえば、スカルラッティのソナタを彼は表情をつけずに弾こうとしていたのだが（それはよい）、あまりに静かに、ささやくみたいに弾いていたせいで、そこばくとした憂いが現れ、ある種の情感が生じてしまっていた（ここが悪い）。思うに、スカルラッティを演奏するには、もっと高らかに、そして幾分つややかに弾かないといけない。そうした演奏のほうが、情感も生じにくいだろう。

おまけに、ギレリスはスカルラッティを弾いているとき、隣の鍵盤にしょっちゅう指を引っかけて、不鮮明な音を立てていた。

そのあとギレリスはブラームスを二曲演奏した。これについて何か言うことは差し控えよう。

そのあと彼はシューベルトの即興曲を二曲演奏した。ひょっとすると上手く弾いたのかもしれないが、なんとなく精彩を欠いていた。

そのあと彼はベートーヴェン＝リストの幻想曲『アテネの廃墟』を演奏した。この曲はリストがすっかり駄目にしてしまっている。これを選曲してもギレリスのためにはならない。

第二部で、彼はショパンを二曲演奏した。バラードとポロネーズだ。まさにこのとき、ギレリスの理解の覚束なさが露呈した。彼がショパンを際立たせられたのは、たんに自身の演奏が憂いを帯びているからにすぎない。

われわれから見れば、ショパンを正しく演奏するためには、彼のどの楽曲にもある三つの重要な相を理解する必要がある。これらの相をわれわれはこう呼んでいる。

1　蓄積
2　切断
3　自由な呼吸

手元にバラードがないので、それに似たマズルカ第13番 op. 17-4を検討してみよう。小節番号の順番にしたがって見てゆくことにする。

最初の4小節を調律と名付けよう。特に4小節目は、最後まで書きあげられていないような、でもだからこそ印象的なマズルカのトーンを、すべて決定づけている。

5小節目から最初の蓄積がはじまる。左手は上に留まりながら、主調音（a moll）のほかに様々な三和音を押さえている。13小節目で左手は低音部「ラ」を叩き、はじめて下におりて基音に触れる。蓄積はまだ終わっていない。というのも、このとき右手がかなり複雑かつ速い三連符の音型を弾いているからだ。そのあいだに基音は8小節のなかを飛びすぎてゆく。いま14小節目において、蓄積はつづいている。左手はふたたびその上限に集中するが、突如19小節目において、解決にむけた準備が急速に生じる。右手は最大まで上がり（高音部の「ド」）、左手は最低まで下がる（低音部の「ミ」）。そして20小節目で完全な解決がやってくると（右手は基音を全体の3／4だけ押さえ、左手は低音部の「ラ」と主要な三和音を押さえる）、最初の蓄積は完了する。しかし、21小節目から新しい蓄積がはじまる。それは最初の蓄積とほぼ同じで、違いがほとんど分からない。まさにこの些細な誤差こそ（7小節目と23小節目、13小節目と30小節目、15小節目と32小節目を比較せよ）、だが巧妙かつ正確に発現しているこの誤差こそが、かけがえのない「小さな過ち」を創造しているのである。[1]

原注1　ドゥルースキンの用語「小さな過ちを伴うある平衡」。ローザノフの用語「少しだけ」と比較せよ。

こうして、37小節目で蓄積の相は完了し、何人かの作曲家たち、とりわけショパンがよく承知していた新しい相がはじまる。それが切断の相である。

この相の意味は、たとえば階段の踊り場にいる人と同じである。第一に、少し休憩でき

る。第二に、必要とあれば方向転換することができる。

蓄積の相について話をするとき、ふつう人は両の手のひらをやわらかく折り曲げ、宙に半円をふたつ作りながら、双方を何度か近づけあう。切断の相を人は次のように描きだす。――両の手のひらをピンと真っ直ぐに伸ばし、眼前の中空を斜めに、色々な向きに、切り裂く。

思うに、ショパンを演奏する際は、切断の相は蓄積の相よりピンと張った手で弾かなければならない。

切断は常に、何らかの反復的な音型である。言葉で話をするとき、眼の前を色々な向きに切り裂いてゆく話者のピンと張った手のひらが、それを表現する。

マズルカ第13番において、この手刀に相当するのは次のような進行だ(38小節目と39小節目、40小節目と41小節目、42小節目と43小節目)。

たとえば、38小節目と39小節目はこうなっている[上図参照]。

演奏する際には、極めて明瞭かつ巧妙に、切断の相を蓄積の相と区別しなければならない。

マズルカ第13番においては、切断のあと、46小節目から61小節目までふたたび蓄積がくる。一番目と二番目の蓄積のバリアントと連合しつつも、同時に小さな過ちによってそれらと引き離される新しいバリアントが、もう一度達成される。

そうして、第三の蓄積の終わりにかけて、聴き手は突如として理解する。蓄積は本当は途絶えていなかったのだと。そしてそれがあまりに多すぎて、息が詰まりそうだと。聴き手はすっかり蓄積に倦んでしまう。するとショパンはこの相に見切りをつけて、自由な呼吸の相に移行する。

そのためショパンは長調に転じる。すると62小節目では、あたかもドアが開けはなされ、自由に息をしているみたいになる。

聴き手は一瞬こんな印象を抱くだろう。ここまでの小節は全部ただの導入に過ぎず、ようやくいま、本格的にはじまったのだと。しかし、この相のテーマは展開するかわりに中音部に絶えず回帰してゆく［上図参照］。

32小節のなかで8回だ。自由な呼吸の開かれた相にもかかわらず、聴き手は新しい解決を待ち望みはじめる。ショパンは最初の蓄積のテーマと似せたそれを、94小節目から提示する。彼はそこで第四のバリアントを遂行し、またしても小さな過ちを創造する。すると今度は、62小節目では自由な呼吸への単なる導入だと思いなしていたものが、実は新しい呼吸の解決であることを、聴き手は理解する。

そのあとに複雑な切断の相が不変の音型を伴いながらつづく［上図参照］。

この相の特徴は印象主義的なところである。それゆえショパンはそれを（そしてマズルカ全体も一緒に）最初の4小節で、つまり最初の調律で締めくくる。しかしいまや聴き手は、この印象主義的な構成の特徴を自然と知覚しており、マズルカ全体がイ長調の6の和音で締めくくられることに少しも驚かない。

このようにして、マズルカ全体が9つの部分からなっていることが分かる。

1	調律	1〜4小節
2	第一の蓄積	5〜20
3	第二の蓄積	21〜37
4	切断	38〜45
5	第三の蓄積（そして飽満）	46〜61
6	自由な呼吸	62〜93
7	第四の蓄積	94〜109
8	切断（完了）	110〜129
9	調律	130〜133

われわれがきちんと弁えている唯一のことは、このマズルカを演奏する際、ピアニストは個々の部分の意味をはっきりさせなければならないということ、そしてある部分から別の部分への移行をすべて聴き手に感じ取らせなければならないということだ。

ショパンのバラードは、構成がマズルカ第13番を思わせる。ギレリスはバラードの意味を十分に理解できていなかった。彼が自分の演奏で言えたのはたった一つ。それは、ショパンがリストよりいくらか憂えがちな作曲家ということだけだ。そんなのは無意味だし、重要なことではない。チェーホフを「黄昏の歌い手」と呼ぶようなものだ。

ギレリスはメンデルスゾーンの『ロンド・カプリチオーソ』は幾分上手に演奏した。

そのあと彼はリストの『謝肉祭』を演奏した。こんな曲は弾いていても聴いていてもただバツが悪くなるだけだ。

ギレリスはアンコールに応えて、ダカンの『カッコウ』を演奏した。われわれからすれば、もっと高らかに弾くべきだった。(われわれは常により高らかな演奏を支持する。グランドピアノのそばに座ってピアノ曲を聴けばよかった。)

ギレリスが一番よく弾けていたのは、パガニーニ゠リストのエチュード『狩り』である。ホールでは人びとが肩をいからせ、両手を左右に振りながら、ギレリスのことを話していた。「この…この…この人はもはや演奏家なんてものじゃなくて、本物の芸術家だよ!」

ギレリスのコンサートに関し、これ以上われわれに言えることは、何もない。

一九三九年二月十九日

〈存在について、時間について、空間について〉

1　無い世界を存在していると呼ぶことはできない。なぜなら、それは無いからである。

2　何かしらの単一のもの、均質なもの、不可分のもので出来ている世界は、存在しているとはいえない。なぜなら、そのような世界には部分が無く、そして部分が無ければ、全体も無いからである。

3　存在している世界は均質ではありえず、部分を有していなければならない。

4　二つの部分は必ず異なっている。なぜなら、ひとつの部分は常にこれであり、もうひとつの部分は常にあれだからである。

5　もしこれだけが存在しているとすれば、あれは存在しえない。なぜなら、すでに述べたように、これだけが存在しているからである。だがそのようなこれは存在しえない。なぜなら、もしこれが存在しているとすれば、それは不均一のものでなければならず、部分を有していなければならないからである。そしてもし部分を有しているとすれば、これとあれから出来ているのだ。

6　もしこれとあれが存在しているとすれば、非これと非あれが存在している。なぜなら、もし非これと非あれが存在していなかったとしたら、これとあれは単一のもの、均質なもの、不可分のものとなり、したがって、やはり存在しえないからである。

7 最初の部分をこれと呼び、二番目の部分をあれと呼ぼう。一方からもう一方の部分への移行を非これと非あれと呼ぼう。

8 非これと非あれを「妨害」と呼ぼう。

9 したがって、存在の基礎は三つの要素から出来ている。これ、妨害、あれ。

10 非在を零ないし一と表現しよう。そうすれば、存在を数字の三で表現しなければならないだろう。

11 つまり、単一の空虚を二つの部分に分割すれば、存在の三位一体が得られるのである。

12 あるいは、ある妨害を被っている単一の空虚は部分に分割され、存在の三位一体を形成する。

13 妨害は創造者であり、「無 nishto」から「何か neshto」を作りだす。

14 もしこれがそれ自体で「無」ないし非在の「何か」であるとすれば、「妨害」もそれ自体で「無」ないし非在の「何か」である。

15 つまり、二つの「無」ないし非在の「何か」があらねばならない。

16 もし二つの「無」ないし非在の「何か」があれば、そのうちの片方はもう片方の妨害であり、それを部分に分裂させ、自身がもう片方の部分になる。

17 同様に、最初の片方の妨害である別の片方も、最初の片方を部分に分割すれば、自身が最初の片方の部分になる。

18 このようにして作られたものは、それ自体では存在していない部分である。

19 それ自体では存在していない三つの部分は、存在の主要な三要素を構成している。

20 それ自体では存在していない存在の主要な三要素は、三つ全部が一緒になって、ある存在を形成する。

21 もし存在の主要な三要素のうち一つが消えれば、全部が消えてしまうだろう。したがって、もし「妨害」が消えれば、これとあれは単一の不可分のものになり、存在するのをやめてしまうだろう。

22 われらの宇宙の存在は三つの「無」を、あるいはそれ自体は別々の、三つの非在の「何か」を形成している。空間、時間、そして空間でも時間でもない何かである。

23 時間はその本質からして単一のもの、均質なもの、不可分のものであり、したがって存在していない。

24 空間はその本質からして単一のもの、均質なもの、不可分のものであり、したがって存在していない。

25 しかし、空間と時間がある相互関係をもてば、それらはすぐに互いの妨害となり、存在しはじめる。

26 存在しはじめれば、空間と時間は相互に部分同士となる。

27 空間の妨害を被っている時間は部分に分割され、存在の三位一体を形成する。

28 分割され、存在している時間は、存在の主要な三要素から出来ている。過去、現在、未来である。

29 存在の主要な三要素としての過去、現在、未来は、つねに相互に依存しあっていなければならない。現在と未来なしの過去はありえず、過去と未来なしの現在や、過去と現在なしの未来はありえない。

30 これら三要素を別々に観察すると、過去は無いことが分かる。なぜなら、過去はすでに過ぎ去っているからである。そして未来も無いのは、未だ来ていないからである。

つまり、残るは「現在」ただ一つである。しかし「現在」とは何であろうか？

31 この単語を発声しているあいだ、この単語の発声された文字は過去であり、発声されていない文字は未だ未来にある。つまり、いま発声されている音だけが「現在」である。

32 しかしこの音の発声プロセスは、ある長さを伴う。したがって、このプロセスのある部分だけが「現在」であり、別の部分は過去か未来である。だが「現在」だと思われたプロセスのその部分についても同じことがいえる。

33 そう考えれば、「現在」は無いことが分かる。

34 現在とは、過去から未来への移行に際しての「妨害」であるにすぎない。過去と未来とは、われらにとって時間の存在のこれとあれである。

35 つまり、現在は時間の存在における「妨害」である。また、先に述べたように、時間の存在における妨害は空間である。

36 したがって、時間の「現在」とは空間のことである。

37 過去と未来に空間は無い。空間はすべて「現在」のなかに含まれている。そして現在とは空間のことである。

38 現在が無いのなら、空間も無い。

39 われらは時間の存在を説明してきたが、空間それ自体は依然として存在していない。

40 空間の存在を説明するためには、時間が空間の妨害となるような契機をつかまえなければならない。

41 空間は時間の妨害を被るとき、部分に分割され、存在の三位一体を形成する。

42 分割され、存在している空間は、三つの要素から出来ている。あそこ、ここ、あそこ。

43 一方のあそこからもう一方のあそこへ移行する際には、ここの妨害に打ち勝たねばならない。なぜなら、もしここの妨害がなければ、一方のあそこともう一方のあそこは単一のものになるからである。

44 ここは存在する空間の「妨害」である。また、前述したように、存在する空間の妨害は時間である。

45 したがって、空間のこことは、時間のことである。

46 空間のここと時間の「現在」は、時間と空間の交点である。

47 宇宙の存在の主要な要素として空間と時間を観察すれば、こう言える。宇宙は空間、時間、そして時間でも空間でもない何かを形成している。

48 時間でも空間でもない「何か」とは、宇宙の存在を形成する「妨害」である。

49 この「何か」は時間と空間のあいだに妨害を形成する。

50 それゆえこの「何か」は、時間と空間の交点にある。

51 したがってこの「何か」は、時間的には「現在」点にあり、空間的には「ここ」点にある。

52 空間と時間の交点にあるこの「何か」は、ある妨害を形成し、「ここ」を「現在」から切り離す。

53 妨害を形成し、「ここ」を「現在」から切り離すこの「何か」は、ある存在を作りだす。それを質料ないしエネルギーと呼ぼう（以下、とりあえずは単に質料と呼ぶことにしよう）。

54 つまり、空間と時間とそれらの妨害によって形成される宇宙の存在は、質料と表現される。

55　質料はわれらに時間を証し立てる。

56　質料はわれらに空間も証し立てる。

57　したがって、宇宙の存在の主要な三要素は、時間、空間、質料として、われらに知覚される。

58　諸定点において相互に交差し、宇宙の存在の主要な要素である時間、空間、質料は、ある結び目を形成する。

59　この結び目を「宇宙の結び目」と呼ぼう。

60　自分について「我在り」と言うとき、私は自分を「宇宙の結び目」に据えている。

一九四〇年三月〜四月

〈存在について〉

Ⅰ　存在について

1　無い世界を存在していると呼ぶことはできない。なぜなら、それは無いからである。

2　何かしらの単一のもの、均質なもの、不可分のもので出来ている世界は、存在しているとはいえない。なぜなら、そのような世界には部分が無く、そして部分が無ければ、全体も無いからである。

3　存在している世界は均質ではありえず、部分を有していなければならない。

4　二つの部分は必ず異なっている。なぜなら、ひとつの部分は常にこれであり、もうひとつの部分は常にあれだからである。

5　もしこれだけが存在しているとすれば、あれは存在しえない。なぜなら、すでに述べたように、これだけが存在しているからである。だがそのようなこれは存在しえない。なぜなら、もしこれが存在しているとすれば、それは不均一のものでなければならず、部分を有していなければならないからである。そしてもし部分を有しているとすれば、これとあれから出来ているのだ。

6 もしこれとあれが存在しているとすれば、非これと非あれが存在している。なぜなら、もし非これと非あれが存在していなかったとしたら、これとあれは単一のもの、均質なもの、不可分のものとなり、したがって、やはり存在しえないからである。

7 最初の部分をこれと呼び、二番目の部分をあれと呼ぼう。一方からもう一方の部分への移行を非これと非あれと呼ぼう。

8 非これと非あれを「妨害」ないし「分割線」と呼ぼう。

9 したがって、存在の基礎は三つの要素から出来ている。これ、妨害（ないし「分割線」）、あれ。

10 非在を零ないし一と表現しよう。そうすれば、存在を数字の三で表現しなければならないだろう。

11 つまり、単一の空虚を二つの部分に分割すれば、存在の三位一体が得られるのである。

Ⅱ 位格について

12 前述の考察を読めば、位格説が明瞭になる。神は単一だが、三様態である。

Ⅲ 十字架について

13 十字架は位格のシンボルである。すなわち、存在の基礎に関する最初の法則のシンボルである。

14 十字架の形を観察しよう。十字架は二本の割線から出来ている。

15 存在に関する法則を絵で描いてみよう。

16 何も存在していなければ、何も描かない。

17 何かしらの単一のもの、均質なもの、不可分のものが存在している。しかしながら、第Ⅰ節第2項で述べたように、それを存在しているということはできない。これを直線で図示しよう［図1］。

18 何かが存在するためには、部分を有していなければならない（第Ⅰ節第3項）。

19 第Ⅰ節第9項で述べたように、部分は妨害を通して作られる。この単一の存在への妨害を図示しよう［図2］。

20 このように、妨害として図示したππは「これ」と「あれ」の部分を作るだろう。

21 この図をシンボリックな形に変えれば、十字架が得られる［図3］。

22 くり返そう。十字架は存在と生の法則のシンボリックな記号である。

23 古代エジプトの民は、十字架をこう描いた［図4］。

彼らはこれを「生の鍵」と呼んだ。　天国―世界―天国

24 同じ基本法則のもうひとつの図式はこうだ。　天国―世界―天国。

25 天国は「これ」であり、世界は「妨害」であり、天国は「あれ」である。

Рис. 1. 図1

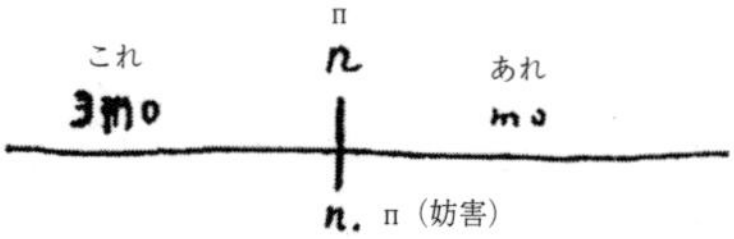

Рис. №2. 図2

Рис. №3. 図3

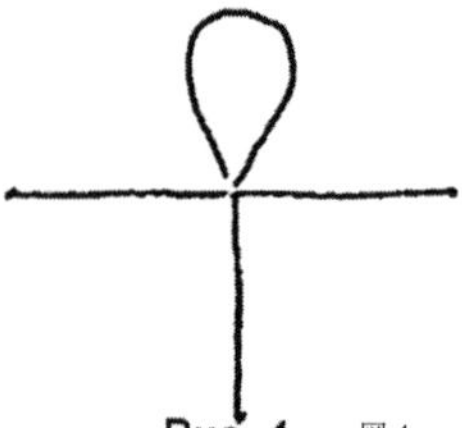

Рис. 4 図4

言語機械——手紙・私記

ハルムスが自分の考えを紙のうえで率直に表明することは、ほとんどなかった。詩や散文はもちろん、エッセイや論考の中でさえ、独特のモチーフや比喩を用いて話を展開したため、意味を捉えあぐねることが多い。しかし、手紙、手帖、日記の類は例外である。そこで彼は驚くほど率直に自分の考えを打ち明け、感情や嗜好を露わにしている。

本書では、ハルムスが一時好意を寄せていた女優に宛て、自らの思想を詳しく説明している「プガチョワへの手紙」を全文訳出した。また手帖からは、「笑いについて」など、彼の考えを知るうえで参考になりそうなテクストを訳出した。日記からは、彼の交友関係を窺える箇所を訳出した。なお手帖の小見出しの内、〈 〉で括ったものは、訳者が内容に鑑みて独自に付したものである。

手紙

パステルナークへの手紙

ボリス・パステルナーク様

「結び目」という出版社がモスクワにあることを、クズミン氏から伺いました。私たち二人はペトログラード*の唯一の左翼詩人でありますが、当地では出版の見込みがありません。

私たちの創作の見本として、手紙に詩を同封いたします。私たちの作品が、「結び目」の作品集に出るか、あるいは単行本で出る見込みは御座いますでしょうか。お報せいただきたく存じます。単行本でしたら、追加の作品（詩と散文）もお送りすることができます。

ダニイル・ハルムス
アレクサンドル・ヴヴェジェンスキー

一九二六年四月三日　ペテルブルグ*。

＊　正しくはレニングラード。サンクト・ペテルブルグは一九一四年にペトログラードへ、一九二四年にレーニンが死去したのちは、レニングラードへ名称変更されている。つまり、ハルムスとヴヴェジェンスキーは都市の旧称を使用しているわけだ。なお、一九九一年のソ連崩壊後は、再びサンクト・ペテルブルグに戻った。

プガチョワへの手紙

破壊し建設しながら、才能は生長する。
つつがないとは、停滞の印である！

親愛なるクラヴジヤ・ワシーリエヴナ［宛名の女優プガチョワのこと］
貴女はご自分に正直な、素敵な方ですね！
ぼくは貴女にお会いできなくても平気なんですよ。だからもう、青少年劇場やこの街にお招きしたり致しません。希望を胸に沸き立たせている方がまだいらっしゃるということを知れて、何とも愉快なのです！　ぼくの心をうきうきさせる、貴女の中にあるこの力をどんな言葉で表現すればいいのか、見当も付きません。が、習慣的にぼくはそれを純粋さと呼んでいます。
最初のものというのはすべてなんと素晴らしいのでしょう！　そんなことを考えていました。最初の現実はなんと素晴らしいのでしょう！　太陽も草も石も水も鳥も虫も蝿も人も素晴らしい。でもグラスもナイフも鍵も櫛もやっぱり素晴らしいのです。けれど、もしぼくが視力を失い、聴力を失い、自分の五感をすべて失ってしまったら、こうしたもの一切の素晴らしさがどうやって分かるでしょう？　すべて消えてしまい、ぼくには何もありません。でもそこへ触覚を授かったら、忽ちほとんど全世界がふたたび出現しました。聴覚を獲得したら、世界は一層よくなりました。五感を次々と取り戻していったら、世界は尚のこと大きく、よくなっていきました。ぼくが自分の中に取りいれるとすぐに世界は存在しはじめました。まだ無秩序なままだとしても、それでも世界は存在しているのです！

けれどぼくは、世界を秩序あるものにしはじめました。すると、ここに「芸術」が出現したのです。このときようやく太陽と櫛の本当の違いを理解できましたが、しかし同時に、それらが同一のものであるということも分かったのです。

今ぼくのやるべきことは、正しい秩序の創造です。それに掛かりきりで、そのことだけを考えています。それについて話をし、それを物語り、記述し、描き、踊り、建設しようとしています。ぼくは世界の創造者です。これがぼくの中で最も重要なことなのです。果たしてこのことについてずっと考えずにいられるものでしょうか！　ぼくが作るものすべてに、自分は世界の創造者であるという意識を注入します。そうすれば、ぼくは単に長靴を拵えているばかりでなく、まず何よりも新しい事物を創造していることになるのです。長靴が心地良くて、丈夫で、綺麗だったためしは、個人的にはあまりありません。ぼくにとって重要なのは、全世界にあるのと同じ秩序を長靴の中にあらしめることなのです。ぼくに世界の秩序が肌に触れたり釘に打たれたりして、傷んだり汚れたりしないようにすること、長靴の形状如何にかかわらず、本来の形状のまま、元のまま、純粋なままにしておくことなのです。

　これこそまさに全芸術を刺し貫いている純粋さです。詩を書くとき、ぼくにとって一番重要だと思えるのは、観念でも、内容でも、形式でも、「クオリティ」という曖昧な概念でもなく、合理的知性にとってはもっと曖昧で不可解な何か、しかしぼくにとっては明快で、親愛なるクラヴジヤ・ワシーリエヴナ、貴女にとっても明快なはずの何かなのです。これが、秩序の純粋さです。

　この純粋さは、太陽、草、人間、詩の中にある純粋さと同一のものです。真の芸術は最初の現実に属しており、世界を創造し、世界の最初の反映になるのです。それは絶対にリアルなものです。

　ああ、しかし本物の芸術というのは何とくだらないものから出来ていることでしょう！『神曲』は偉大な作品ですが、「流れる霧のあいだから／月があらわれ*」もそれに劣らず偉大です。なぜならば、どちらにも同じ純粋さがあるからです。したがって、現実、すなわち自律的存在への同じような近しさがあるからです。これはもう、紙に印字されただけの言葉や思考ではありません。目の前の机に載っているクリスタル製のインク瓶と同じくらい、リアルな物なのです。物と化すこうした詩は、恐らく紙から引っぺがして窓に投げつけることができます。そうすれば窓は粉砕されてしまうでしょう。言葉はこんなことだってできるのです！

＊ プーシキンの詩『冬の道』の冒頭句。金子幸彦訳。

しかし一方で、この同じ言葉が何と頼りなく不憫でもありうるでしょうか！　ぼくはこれまで一度も新聞を読んだことがありません。それは捏造された世界で、創造された世界ではありません。劣悪なざらざらした紙に刷られた、不憫で、使い古された活字に過ぎないのです。

人間には生と芸術の他に何か必要でしょうか？　思うに、何も要りません。もう何もかも不要で、本物はすべて生と芸術に含まれているのです。

純粋さはありとあらゆるものの中に、スープの飲み方の中にさえあるのかもしれません。貴女がモスクワに移られたのは、正しいことです。貴女は通りを歩き、飢餓劇場*でお芝居をしておられる。そこには、この居心地のよい部屋で暮らし、青少年劇場でお芝居をするよりも、多くの純粋さがあります。

＊ 実際には「リアリズム劇場」。ロシア語で「飢餓劇場」は「街の劇場」と綴りが似ているため、それと書き間違えた可能性もある。

万事つつがないものを、ぼくはいつも疑っています。

今日ぼくのところへザボロツキーが来ました。長いこと建築に夢中だった彼は、建築と人間の生に関する卓見をたくさん吐露した長詩を、ついに書きあげました。この詩はたくさんの人たちを大喜びさせることとでしょう。ぼくにはそれが分かります。でもこの詩があまりよくないということも分かっているのです。よいところは、独自性が残っている二、三の箇所だけで、それもほとんど偶然みたいなものです。二つのカテゴリーがあります。

一つ目のカテゴリーは、分かりやすくて単純です。ここでは一切が明白なので、何をすべきかも明白です。どこへ向かい、どこに達し、いかに成すべきかが分かります。道は見えています。一つ目のカテゴリーは論じることが可能です。いずれ文芸評論家がこれに関して丸々一冊の本を書くでしょう。注釈者は六冊の本をものするでしょう。ここでは万事つつがなく進んでいます。

二つ目のカテゴリーに関しては、誰も何も言及しないでしょう。しかし、まさにこれこそが、建築と人間の生に関する思考の両方を優れたものにしてくれるのです。不可解で、計り知れないものでありながら、素晴らしいものなのです、この二つ目のカテゴリーは！

けれどそこに到達することはできません。向かおうとすることさえ馬鹿げています。道は存在しません。まさしくこの二つ目のカテゴリーこそが、人をして突然すべてを放棄させ、数学に取り組ませ、やがて数学を放棄させ、突然アラビア音楽に熱中させ、やがて結婚させ、そして妻と子を斬殺したあとに、腹這いになって一輪の花を観察させるのです。

これこそが天才を作りあげる、つつがあるカテゴリーなのです。

（ところで、ぼくはもうザボロツキーのことを言っているのではありませんよ。彼はまだ自分の奥さんを殺していないどころか、数学に夢中になってさえいないのですからね。）

親愛なるクラヴジヤ・ワシーリエヴナ、貴女が動物園によく行かれても、決して嘲ったり致しませんよ。ここの動物園に毎日通っていたことが、ぼくにもありました。そこには馴染みのオオカミとペリカンがいました。もしよろしければ、ぼくらがどれだけ素敵な時間を過ごしたか、いつか書いて差しあげますよ。

また、ステーンボク・フェールモル伯爵城のラフタ動物場で、生きた幼虫や「ネスレ」の粉ミルクを毎日摂りながら、半ば気が狂ったような動物学者、クモ、ヘビ、アリたちと一緒に、どんなふうにひと夏を過ごしていたかも書いて差しあげましょうか?

貴女が他でもない動物園に通っていらっしゃることが、とてもうれしいのです。そして、もし散歩なさるためだけではなく、動物たちを観察しに行かれているのだとしたら、ぼくは貴女のことがますます好きになってしまうでしょう。

ダニイル・ハルムス

一九三三年十月十六日（月）　ペテルブルグ

手帖

〈意味について〉（一九二六年十一月九日）

どうしたらいい！　どうしたらいい！　どうやって書けばいい？　ぼくの中で意味が大きくなっている。その要求をひしひしと感じる。でも意味は必要なんだろうか？　うまく行きますように。あなたも。　十一月九日。

――――

ヴヴェジェンスキーとザボロツキー。この二人の考えはぼくにとって貴重だ。でも、どちらが正しいかは分からない。恐らく双方から賛同を得られた詩が一番正しいんだろう。現時点では『ペテルブルグ市のコメディー』がそうだ。ぼく自身は個人的に『コサックの死』の肩をもっているけれど［どちらもハルムスの作品］。もしこれが十全に評価されたらうれしい。

――――

ドストエフスキーの『おじさんの夢』。芝居はコメディータッチだった。

『黄金のろば』を書く。冒頭はアプレイウス*のようにするが、変身してから先は、ろばがどんどん思考力を失ってゆき、抽象へ移行する。

* 帝政ローマの作家で、『黄金のろば』の作者。

〈言語機械《マシーン》〉

　言葉に込められている力は解放されなければならない。力の作用が顕著になるような言葉の組み合わせが存在する。この力で物を動かせるなどと考えるべきではない。私は言葉の力ならそれも為しうると確信している。が、最も重要な力の作用とは、ほとんど漠としたものなのだ。この力の大雑把なイメージは韻文のリズムから得られる。韻文が身体のどこか一部を動かすような、こういう複雑な経絡を作り話とみなすべきでもない。これは言葉の力の極めて大雑把でありながら、極めて微弱な現れなのだ。この力の更なる作用を私たちが頭で理解することは恐らくできまい。もしこれらの力を研究する方法について考えることができるなら、それはこれまで科学に応用されてきたどの方法ともまるで異なっているはずだ。そのとき、まず何よりも、事実や経験は裏づけとなりえない。私はフゥイ、上述のことをどうやって証明および検証しなければならないかを述べるのは難しい。今のところ言語機械《マシーン》には四種類あることが私には分かっている。詩、祈り、歌、呪文だ。これらの機械は計算や論理的思考によってではなく、別の手段によって組み立てられている。其名ハ「アルフアベット」。

一九三一年四月？

笑いについて

1　道化役者へのアドバイス

笑いの端緒を見つけることが、とても重要だとぼくは気づいた。もし客を笑わせたいなら、舞台に出たあと、誰かが笑いだすまで黙って突っ立っていなさい。それから、別の誰かが皆に聞こえるくらい笑いだすまで、もうしばらく待っていなさい。この笑いだけが心からの笑いのはずで、こういう場合、サクラは不要だ。これがすべて済んだら、笑いの端緒は開かれていると思いなさい。そのあと自分の演目に取りかかればよい。成功は確約されたと安心していなさい。

2

笑いにはいくつか種類がある。中笑いのとき、客席すべてが笑っている。しかしそれは腹の底からではない。強笑いのとき、客席は部分的にしか笑っていない。しかし腹の底からだ。客席の一部は押し黙ったままで、こういう場合、彼らのところまで笑いはまったく届かない。演芸委員会が道化役者に要求するのは一番目の笑いだが、二番目の笑いのほうが優れている。畜生が笑うはずがない。

一九三三年九月二十五日

ラジオにおける笑いは、初めは間違いのうえに生じるはずだ。

ラジオは何よりも文学に、活字になった言葉に近いところにある。

笑いは意味にではなく、外的状況に根差している。

どんなふうにラジオパーソナリティがしどろもどろになり、マイクが使えなくなり、どうすればいいかずっと助言を求めているか。中笑い。

大笑いのとき笑っているのは常に一部だけ。ラジオ、演劇、映画、文学のあいだの差異。

一九三三年九月二十四日

俗っぽさについて

俗っぽさとは、高邁なものの欠如でもなければ、趣味の欠如でもなく、概して何らかの欠如ではない。俗っぽさとは、それだけで自律している何かであり、紛れもなく一定の値なのである。

一九四〇年

俗っぽさは独自の理論と法則を持ちうる。その場合、おのが等級や階級がありうる（音楽における高等な俗っぽさの例は、ドゥナエフスキー*である）。

* 軽音楽の分野で大きな功績を残したソ連の作曲家。

一九四〇年三月十一日

興味があるのは「くだらないもの」だけ。いかなる実際上の意味ももっていないものだけ。興味があるのは馬鹿げた姿で現れたときの生だけ。

ヒロイズム、パトス、勇ましさ、人道的なこと、衛生的なこと、道徳的なこと、感動、熱狂——ぼくが嫌いな言葉と感情だ。

しかし、次のものは完全に理解しているし、尊重もしている。歓喜と恍惚、霊感と絶望、熱中と熱狂、放蕩と純潔、悲哀と心痛、喜びと笑い。

一九三七年十月三十一日

〈信仰について〉（一九三七年十月〜十一月）

神様、いま貴方に一つだけお願いがあります。私を完全に打ち砕いてください。私を完膚なきまでにぶちのめしてください。地獄に突き落としてください。私を中途半端な状態に置かずに、希望を奪い、すぐにも打ち砕いてください。世々に。

ダニイル。

一九三七年十月二十三日夜　六時四十分

人間は「信じる」ことをしない、あるいは「信じない」。「信じたい」、あるいは「信じない」ことをしたくない。

——

信じない人と信じないことをしない人がいる。なぜなら、信じることをしたくなく、信じないことをしたくないからだ。たとえばぼくは自分を信じない。なぜなら、ぼくには信じる欲求や信じない欲求がないからだ。

——

幾何学におけるロバチェフスキーのように、ぼくは人生におけるロバチェフスキーになりたい。

――信仰は何か不動のもので、ひとりでにやって来るものだと考えるのは間違いだ。信仰には、ひょっとすると他のどんなものよりも多く、集中力とエネルギーが要求されるかもしれない。

――疑いはすでに信仰の一部である。

――奇蹟は存在するだろうか？　これこそぼくが答えを聞きたいと思っている問いだ。

〈妻たち〉

〈1　最初の妻エステル〉

　何をするべきか、誰かにアドバイスをもらえたらいいのに。エステルは不幸をもたらす。ぼくは彼女と一緒に破滅してゆく。どうしたらいいのか。離婚するべきか、それとも自分の十字架を背負うべきか。十字架を避けることもできたのだ。でもそんなことには満足できず、エステルと一緒にいさせてください、とお願いした。人からは、「一緒になるな！」と言われた。まただ。それでも自分を曲げず、あとで恐ろしいことになろうとも、やっぱり自分をエステルと永久に結びつけたのだ。悪いのはぼくだ。もっと正確にいえば、ぼくが自分でそうしたんだ。オベリウはどうなった？　エステルがぼくの一部になるとすぐに、何もかも駄目になってしまった。それ以来、ぼくは書くべきことを書くのをやめた。そして、あらゆる方面から来る不幸だけをつかまえるようになっていった。どんな女性であれ、女性というものにぼくは身を寄せることができないんだろうか？　あるいは、エステルはぼくの活動にピリオドを打つ女性なんだろうか？　分からない。もしエステルが悲しみを連れてくるなら、もちろん彼女を手放すことができる。でも同時に、オベリウという自分の活動を完全に破壊することもできるのだ。願いが叶い、運命はぼくをエステルと結びつけた。今度は運命を打破したいと、もう一度願う。これは単なる教訓だろうか、それとも詩人の最期だろうか？　もしぼくが詩人なら、運命は憐憫の情を催し、ふたたび大きな事件をもたらして、ぼくを自由な人間にしてくれるだろう。でもひょっとすると、自分で招いた十字架は、一生頭上に掛かっていなくてはならないのではないか？　たとえぼくが詩人だとしても、十字架を取り除く権利はあるんだろうか？　どこでアドバイスを聞き、許しを乞えばいい？　ぼくにとってエステルは、合理的知性のように縁遠い。彼女はこの合理的知性でもって、ぼくが何をするにしても邪魔をし、イライラさせる。でも愛しているんだ。ただ健やかでいてほしいだけなんだ。向こうだって別れたほうがいいに決まっている。こっちは合理的知性に価値があると思っていない。ぼくがいないと駄目になってしまうだろうか？　彼女ならまた嫁ぐこともできるし、ぼくと一緒のときより上手くやれるだろう。別れがあまり辛くならないように、ぼくのことを嫌いになってくれればいいのに！

でもどうしたらいい？　どうやって離婚したらいい？　神様お助けください！　神の僕クセーニヤよ、お助けください！　来週中にエステルがぼくの元を去って、幸せに暮らせるようにしてあげてください。ぼくはまた何か書きはじめます。そうすれば、前みたいに自由になれるでしょう！　神の僕クセーニヤよ、われらをお助けください。

ダニイル・ハルムス

一九二八年七月二十七日

マリーナが裸に寝間着シャツ一枚で、階段に走り出て、女性と話をしていた。マリーナは風邪を引いたと思う。頭にきた。

一九三七年十一月二十三日

〈2　二人目の妻マリーナ〉

――

神様、なんと酷い生活でしょう、なんと酷い状況でしょう。何もすることができません。オブローモフのようにいつも眠いです。いかなる希望もありません。今日は最後の食事を終えました。マリーナはいつも三十七度から三十七度五分の熱があります。ぼくにはエネルギーがありません。

一九三七年十一月三十日

ぼくのマリーナちゃん、大好きだ。

いまは朝の九時半。ペトログラードの方から戻ってきたばかり。最初はワレンチーナ・エフィーモヴナのところにいた。そこにはミハイロフとアンナ・セミョーノヴナがいた。一時半にアンナ・セミョーノヴナは家に帰った。彼女を送ってから、リパフスキーの家に行った。そこへミハイロフとワレンチーナ・エフィーモヴナが来た。二時。リパフスキー宅にはスロニムスキーの一家がお客に来ていた。たくさんのウォッカとビール。四時頃に散会となった。ぼくの家にはマリーナ・ルジェブースカヤ［妻の親友］が泊まっている。彼女はぼくのソファで寝たのだろう。夜中に帰宅して皆を起こしたくない。だからリパフスキーの家に残り、夜を明かした。蚤に咬まれて、七時半に目が覚めた。寝れなかった。明かりを点けては駄目だ。主たちを起こさないようにしないと。パイプがもっと欲しかった。暗闇の中、九時までずっと座っていた。パイプを二本吸い終え、こっそり家に戻った。家では二人のマリーナが眠っていた。ぼくは小さなクッションに腰を下ろした。

ぼくのマリーナ、大好きだ。

一九三八年一月二十四日　早朝。

ハルモニウス［ハルムスが当時用いていた筆名の一つ］。

五月二十六日。マリーナは気が滅入ったまま横になっている。ぼくは彼女をとても愛している。でも夫でいるのは何とぞっとすることだろう。

一九三八年五月二十六日

日記

一九三二年十一月二十二日火曜日 天文時零時十分。

土曜日にこんなことがあった。朝ぼくはモスクワへ手紙を送った。コーエンがそう勧めてくれたからだ。作家同盟に再設されることになっている委員会に顔を出してみたところ、二十一日に訪ねてくるよう言われてしまった。バイオリニストのローウェンベルクのところへは二度足を運んだ。なぜなら、〔児童文学作家の〕ボリス・ステパーノヴィチ・ジトコフが控え目なバイオリニストを探していたからだ。音楽を聴きながら、余暇を過ごすためだという。けれど二度ともローウェンベルクは不在だった。このときぼくはお金の持ち合わせがなかったので、妹のところで食事をご馳走になった。こうして妹の家で昼食を済ませてから、チュコフスキーのところへ出かけた。彼は『小さな子どもたちについて』という冊子を再版することになっていて、ぼくの詩のうち、初版には掲載されていなかった詩を引用したがっていた。コルネイ・イワーノヴィチ〔チュコフスキーのこと〕は喜びの声をあげてぼくを迎えいれてくれた。それから、暖炉近くの床に横たわった。彼はインフルエンザにかかって、このときまだ快復していなかったのだ。床に横になるのは単にみてくれのためで、実際のところ、そうしていると大変立派だった。ぼくは『チュコッカラ』を見てみたが、何も書きこまなかった。*

＊　著名な児童文学作家チュコフスキーは、自宅を訪れる詩人や音楽家たちに対し、ノートに言葉を残してくれるよう頼んでいた。後にそれは『チュコッカラ』（一九七九年）として刊行された。

チュコフスキーのもとを辞去した帰り、プレオブラジェンスキー大聖堂に立ち寄った。そこでは主教のセルゲイが勤行していた。不思議な縞模様をした紫色のマントを羽織ると、彼は東方の聖人に早変わりした。ぼくは恍惚としてしまい、泣きださないよう堪えるのに必死だった。大聖堂で晩禱の行なわれる間ずっとそこに立ち尽くしていた。やがて家に戻った。

髭を剃って、清潔なカラーを着けてから、ポレート［ハルムスと一時恋仲だった画家］のところへ出かけた。そこでフラウ・レニ（レネ・ルドルフォヴナ・オコネル‐ミハイロフスカ）という、とても愛らしいご婦人と知り合いになった。年の頃は三十五かそこら、十三歳の娘と六歳半の息子がいる。でもびっくりするくらいスタイルが良くて、柔和で、愛想がよかった。彼女の声は優しくて、それでいてちょっとあだっぽいところがあった。ぼくらは上等なポットでお茶をいただいた。

ポレートのことは何も書くまい。でももし書きだしたら、最高にすばらしい部分だけを書いていただろう。そこには、いつもみたいにグレーボワもいた。他にもアベルバッハの知人だというオレスト・リヴォーヴォチ某がいたが、彼はまもなく帰っていった。

ぼくはフラウ・レニをワシーリエフスキー島［レニングラードの一角］まで送っていった。彼女は二間しかないアパートの一室に暮らしていた。子どもたちはベッドで寝ている。夜中の二時だった。フラウ・レニのところへ寄ったのはタバコのためだ。タバコを切らしていたのだ。彼女はお茶を飲んでゆくよう勧めてくれたが、ぼくは自分の気持ちを知られたくなかった。それというのも、彼女に気があったからだ。そのため、少し恥かしさを感じながら、辞去することにした。

家に向かって歩きながら、タバコをふかしながら、レニングラードをつくづく眺めた。フラウ・レニのことを考えていた。

日曜日の朝、ヴヴェジェンスキーと全芸術家展へ行った。ぼくがそこへ行くのはもう二度目だったが、前回と同様、マレーヴィチしか好きになれなかった。「芸術家サークル」の連中はなんと醜悪なのだろう。ブロツキーでさえどこか良く見えてくる。展覧会場でゲルショフに出くわした。彼のところへ行って絵を見てみた。素晴らしい絵を描いている。

昼食のあと、レーヴィン［ボリス・レーヴィン。オベリウ派の一人］がぼくのところに寄ってくれた。二人でライサ・イリニーチナ・ポリャコーフスカヤのもとへ出かけたかったのだが、どういうわけか路面電車が来ず、行けなかった。それでヴヴェジェンスキーと一緒にエヴゲニー・ダヴィドヴナ・バルシュの夜会へ向かった。そこにはパペルナヤもいて、黒人霊歌を歌っていた。帰宅したときは常用時四時（天文時三時）だった。

月曜日は十二時に目が覚めた。フラウ・レニが電話をくれた。二時半くらいに展覧会へ行くという。ぼくも行くと伝えた。けれど、監獄病院で知り合ったボリス・ペトローヴィチ・コテールニコフが家にやって来て、さらには、もう五年会っていなかったニキチュクもやって来た。そんなわけで、展示場に着いたときには、もう三時になっていた。そこでフラウ・レニを出迎えた。そこでぼくらはヴヴェジェンスキーの母親のエヴゲーニヤ・イワーノヴナ［著名な婦人科医だった］を見かけた。フラウ・レニは彼女のもとで治療を受けている。ぼくらはしばらく展示場を歩きまわった。個人的にはあまりおもしろくなかった。彼女を路面電車まで送り、家に向かった。ネフスキー大通りでマレーヴィチに会い、そのあとケリソンに会った。

昼食を済ませ、ジトコフのもとへ向かう。そこにはオレイニコフ［オベリウ派と親しい詩人・編集者］、ザボロツキー、オデッサ出身の農業技師イワン・ワシーリエヴィチという男がいた。オレイニコフはいまや優れた詩人で、ザボロツキーは自分の詩集を一冊出している。

いつもみたいにオレイニコフと一緒に歩いて帰った。家に着いたのは一時だった。

一九三二年十一月二十二日

附録

リアルな芸術——ハルムスについて書かれたもの

一九二七年秋、ハルムスは仲間と共に芸術家グループ「オベリウ」を結成する。この不思議なグループ名は、「リアルな芸術の結社」の頭文字を変則的に組み合わせたものである。翌一九二八年一月、『出版会館広告』という雑誌に彼らの宣言文が掲載される。以下にその全文を訳出した。オベリウ宣言に署名はないが、前半部分はザボロツキーによって、後半の「新しい映画への途上で」はラズモフスキーによって、最後の「オベリウの演劇」はバーフテレフとレーヴィンによって執筆された。

オベリウ宣言の中で特に注目に値するのは、「裸の眼で物を見てみたまえ」とザボロツキーが読者に説いている部分である。「裸の眼」で見るとは、要するに、ありのままに物を見ること――先入観を排し、文学上の約束事を棄却し、日常的な思考から脱出することに他ならない。オベリウ宣言に書かれた内容は、必ずしもすべてハルムスの詩学と一致するわけではないが、「裸の眼」への志向は、彼にも見出すことができる。オベリウ宣言はハルムスの創作を読み解くうえで、重要な手掛かりになってくれるだろう。

オベリウ宣言

オベリウ（リアルな芸術の結社）は出版会館にて活動しており、わが結社の芸術プログラムを受けいれ、それを創作において実現しているあらゆる分野の芸術家たちを結集する。オベリウは四つの部門に分けられる。文学部門、造形芸術部門、演劇部門、映画部門である。造形芸術部門は実験的な方法で作業しており、他の部門は夕べの開催、上演、出版を通じて活動している。現在オベリウは音楽部門創設に向けた作業をしているところである。

オベリウの公共的側面

革命的大変動は、文化と生活において、われわれの時代に顕著な特徴である。しかし芸術の領域においては、多くの異常な現象によって停滞している。芸術の領域において、プロレタリアートが旧派の芸術手法に満足できておらず、旧い芸術の原理よりも彼らの芸術の原理のほうがはるかに深く進んでおり、そして彼らが旧い芸術を根こそぎにしているということの争いようのない事実を、われわれはまだ完全には理解していない。一九〇五年を描いたレーピンを革命芸術家と考えるのは馬鹿げている。* アフル〔革命芸術家協会〕の連中が全員新しいプロレタリア芸術の種を宿しているなどと考えるのは、もっと馬鹿げている。

* 帝政ロシアで勃発した十月革命を題材に、『一九〇五年十月十七日』という絵を描いたイリヤ・レーピンは、一九世紀的な写実画で知られる。

田舎の小学生でさえもが自分なりに理解できる、大衆的な芸術が求められている。そのことをわれわれは歓迎するが、そうした芸術だけが求められれば、最も恐ろしい間違いの森に迷いこむことになる。結果として、われわれは書庫から溢れんばかりの紙屑の山を所有し、世界初のプロレタリア国家における読者大衆は、西洋のブルジョア作家の翻訳小説に向かう始末だ。

現状を打開するための唯一正しい解決策など、すぐには見つけられない。そのことをわれわれは十分に承知している。しかし、芸術の領域で根気よく、誠実に、粘りづよく活動している様々な芸術流派が、全ソビエト社会から諸手をあげて支持されるべきであるにもかかわらず、どうして芸術の裏路地のような場所に追いやられているのか、われわれにはまったく理解できない。フィローノフ派がどうしてアカデミーから締めだされ、マレーヴィチがどうして建築の仕事をソ連で展開できず、テレンチエフの『査察官』がどうして馬鹿げた批判にさらされるのか、* われわれには理解できない。多くの功績と成果を残してきたいわゆる左翼芸術が、見込みのない廃棄物のように、もっと酷いときはインチキのように、見積もられている。それがどうしてなのか、われわれには理解できない。こうした野蛮な扱いには、どれほどの国の不誠実さが、どれほどの個人の芸術的無能さが潜んでいることだろう。

＊　過激なザーウミ派として知られるテレンチエフは、一九二六年にゴーゴリ原作の『査察官』を出版会館で上演した。

オベリウは目下、左翼的革命芸術の新鋭部隊として出動している。オベリウは創作のテーマや創作の表面を上滑りしない。オベリウは本質的に新しい世界感覚と、物への新しいアプローチを追求する。オベリウは一つの単語、劇中の一つの行為、映画の一コマの芯に喰らいつく。

オベリウの新しい芸術手法[1]は普遍的であり、どんなテーマでも表現することができる。オベリウが革命的なのは、まさにこの手法ゆえなのである。

原注1　物や現象を具体的・物質的に感覚する手法。そのような特性こそが、この手法を最も現代的で切実なものにしている。「オベリウの詩学」を参照せよ。

われわれは、自分たちの仕事をすっかり完成されたものとみなすほど自惚れているわけではない。しかし、土台は揺るぎないということを、その上に建設するための力は自分たちに十分備わっているということを、固く信じている。左翼的な芸術方法だけが、新しいプロレタリア芸術文化の道へ人を導いてくれるということを信じているし、知ってさえいるのである。

オベリウの詩学

われわれは何者か？　何故われわれなのか？　われわれオベリウ派は自らの芸術に忠実な働き手である。われわれは新しい世界感覚と新しい芸術の詩人である。われわれは新しい詩的言語の創作者のみならず、生活やその中の物に対する新しい感覚の創造者である。われわれの創造への意志は普遍的である。それはあらゆる種類の芸術の堤防を越え、生活の中に沈みこみ、八方からそれを囲繞する。そして多くの愚か者たちの言葉によってごみ溜めにされ、「体験」や「感情」の藻にもつれてしまった世界は、いまや具体的で力強いおのが形式のあらゆる純粋さの中に甦る。今でもわれわれを「ザーウミ派」などと宣っている輩がいる。これはどういうことだろう。まったくの誤解なのか、それとも言葉による創作の基本をどうしようもないほど理解していないのか？　それを判断するのは難しい。ザーウミほどわれわれに敵対する流派はないのだ。骨の髄まで現実的で具体的な人間であるわれわれは、言葉を去勢し、それを無力で無意味な私生児に変えてしまうような連中の、最大の敵である。

われわれは創作において物と言葉の意味を広げ、深めるが、決してそれらを破壊しない。文学や日常の外皮をむかれた具体的な物は、芸術の財産となる。詩においては、言葉の意味の衝突が力学的な正確さでこのような物を表現する。それは実生活で自分たちが目にしている物ではないと、諸君は反論するだろうか？　もっと近づいて、それを指で触ってみたまえ。裸の眼で物を見てみたまえ。そうすれば、古ぼけた文学の金飾りが剝ぎとられていることに、初めて気がつくだろう。もしかすると、諸君はわれわれのプロットが「非現実的」で「非論理的」だと主張するかもしれない。だが生活の論理が芸術に欠かせないなどと誰が言ったのだろうか？　われわれは絵に描かれた女性の美しさに感嘆する。たとえ画家が解剖学的論理に反し、モデルの肩甲骨をひねり、脇に反らしたとしてもだ。芸術には芸術の論理がある。それは物を壊すのではなく、物を識ることを助けてくれるのである。

　われわれは物、言葉、出来事の意味を拡張する。この作業は様々な方針に沿って進められている。われわれの誰もが創作上の個性をもっているのだ。だがこうした状況は往々にして人を戸惑わせる。異質な人間たちが偶然集まったように言われるのだ。どうやら文学流派とは、修道僧の個性を剝奪する修道院のようなものだとでも思われているらしい。われわれの結社は自由で、自発的であり、徒弟ではなく巨匠を、ペンキ塗りではなく画家を結集する。一人ひとりが自らのことを弁え、何によって他の者たちと結びついているのかを承知しているのである。

　アレクサンドル・ヴヴェジェンスキー（われわれの結社の極左）。彼は物をばらばらに飛散させるが、そのせいで物が具体性を失うことはない。出来事を小片にして飛散させるが、出来事が創造の法則性を失うことはない。もし完全に［彼の創作を］読み解くことができれば、その結果、無意味の外観を得られるだろう。なぜ外観なのか？　それは、紛れもない無意味はザーウミ語となるが、ヴヴェジェンスキーの創作にそんなものは存在しないからである。好奇心をもう少し働かせ、言葉の意味の衝突を怠りなく観察しなければならない。詩は咀嚼せずに飲みこみ、すぐに忘れさられるセモリナ粥ではないのだ。

コンスタンチン・ヴァーギノフ。その世界の幻想的光景は、あたかも霧と顫えにつつまれているかのように、眼前を通りすぎてゆく。しかしながら、諸君はこの霧を通し、物が近くにあること、温かいことを感じ、群衆の殺到や木々の揺らめきを感じるだろう。それらは独自に、ヴァーギノフ的に生き、呼吸している。何となれば芸術家が自らの手で塑像し、自らの息で温めたからである。

イーゴリ・バーフテレフ。自分の個性は具体的な物質を抒情的に彩ることにある、と自覚している詩人。構成要素に分解された物や出来事は、新しいオベリウ的な抒情の精神によって更新されて現れる。しかし、ここでは抒情それ自体が重要なのではない。それは新しい芸術的な感覚野［感覚情報を受容する大脳皮質の一領域］に物をずらす手法に過ぎないのだ。

ニコライ・ザボロツキー。見ている者のすぐ眼の前に、剝きだしの具体的な形をぴたりと近づける詩人。彼の詩は耳よりも目と指で聴き、読まなければならない。物は砕けず、その反対に接合され、ぎゅうぎゅうに固められる。あたかも見ている者の探るような手を今にも迎えいれようとするかのように。出来事の展開や状況は、この主要な課題に対し、副次的な役割を演じる。

ダニイル・ハルムス。静的な形にではなく、様々な物の衝突とその相互作用とに注意を集中させている詩人・劇作家。出来事において、物は現実的な意味に満ちた、新しい具体的な輪郭を授かる。新式に仕立てなおされた出来事は、「古典的な痕跡」を残しながらも、オベリウ的な世界感覚の幅広さを提示している。

ボリス・レーヴィン。現在、実験的な手法で仕事をしている散文作家。

われわれの結社の文学部門全体と各人それぞれの粗描は、以上の通りである。それ以外はわれわれの詩が言い尽くしてくれるであろう。

具体的な世界、物、言葉の人間——われわれはこの方向に自らの社会的意義を見ている。労働運動*をする手で世界を感覚すること、とうに朽ちはてた文化の塵芥から物を清めること——これこそが、現代においてリアルに「切実に」求められていることではないだろうか？　それ故われわれは、オベリウ、すなわちリアルな芸術の結社という名を掲げるのである。

＊　労働者たちが自らの労働条件の改善などを求め、使役者に対し団結して行動すること。

新しい映画への途上で

これまで映画は、真に自律的な芸術としては、存在しなかった。旧い「芸術」は幾層も積み重なってきた。本物の映画言語を求めて、新しい小径に印をつけようとする控えめな試みなら単発に存在してきたとはいえ、それが関の山だった。そんなものだった…

いまや映画が自身の本物の個性を獲得し、感銘を与えるための独自の手段と、そして自身の――本当に自身の言語を探しだす時代が到来した。来るべき映画を「発見する」ことは誰にもできない。だからわれわれも今はそれを約束しない。人びとの代わりに時代がこれを為すだろう。

しかし、新しい映画に至る道を試し、探求することと、何らかの新しい芸術段階を打ち据えることとは、誠実な映画人一人ひとりの責務である。われわれにとってもまた、そうだ。

この短い文章では、われわれ全員の仕事について詳細に語る余裕はない。今はただ、すでに出来上がっている「映画第一号」〔正式なタイトルは『肉挽器』〕について数言を費やすにとどめておこう。映画において、テーマの時代は過ぎ去った。いまや最も非映画的なジャンルとは、まさにそのテーマゆえに、冒険映画や喜劇映画である。話題（＋ストーリー＋プロット）がそれぞれ自己充足的であれば、それらは素材を従えている。そして独特で特別な映画素材を見つけることはすでに、映画言語を見つけるための鍵なのだ。「映画第一号」

はわれわれの実験的仕事の第一段階である。われわれにとってプロットは重要ではない。重要なのは、われわれが取りあげる素材の「空気」、すなわち話題の「空気」だ。映画の各要素がプロット的・意味的な関係を結び合うことは決してありえず、それぞれの性格に応じて、正反対のものとなりうる。くり返すが、重要なのはそんなことではない。この素材、すなわち話題に固有の「空気」の中に、本質的なものすべてがあるのだ。その空気を露わにすることが、われわれの最初の懸案である。われわれはどのようにこの課題を解決しているか――。上映される映画を観れば、一目瞭然であろう。

自ら宣伝するわけではないが、今年の一月二十四日、出版会館にてわれわれの出演がある。そこで映画を上映し、われわれの道のりと探求について詳細に語るつもりだ。映画は、原作・監督を務めたアレクサンドル・ラズモフスキーとクレメーンチー・ミンツによって制作された。

オベリウの演劇

次のように仮定してみよう。二人の人物が舞台に登場する。どちらも一切口をきかないが、ジェスチャーでお互い何かを話している。同時に、彼らは勝ち誇ったような頬を膨らませている。観客は笑う。これは演劇になるか？　なる。見世物だと仰るか？　しかし見世物もまた、演劇である。

あるいは次のように。舞台の上にキャンバスが降りてくる。キャンバスには村が描かれている。舞台は暗い。それから明るくなりはじめる。羊飼いの衣装を着た人が登場し、笛を吹く。これは演劇になるか？　なる。

舞台上に椅子が出現する。椅子の上にはサモワールが置かれている。サモワールは沸騰している。だが蓋の下からは湯気のかわりに剝きだしの腕が這いでてくる。これはなるか？　なる。

これらすべて――人も、舞台上の人の動きも、沸騰するサモワールも、画布に描かれた村も、明りも――ときに消灯し、ときに点灯する――これらすべてが、それぞれ演劇的要素なのである。

従来これらの要素はすべて劇のプロットに、すなわち戯曲に従属していた。戯曲とは、人の言動を特徴豊かに再現した、何らかの事件にまつわる物語のことだ。そして舞台上では、この事件の意味と成り行きをより明快に、分かりやすく、人生に引き寄せて説明するために、すべてが行なわれる。

演劇はそんなものではない。もし大臣を演じている俳優が舞台上を四つん這いで歩き回り、そのうえ狼のように吠えはじめたら――。あるいは、ロシアの農夫を演じている俳優が、突然ラテン語で長広舌を振るいはじめたら――。それは演劇になるし、観客の興味を惹く。たとえ劇のプロットとはまったく無関係に生じたとしてもだ。それは一つ一つ独立した場面になる。そのような場面がたくさん演出・組織されれば、自らのストーリーラインと自らの舞台の意味をもった演し物が創りだされるだろう。

それは演劇だけがもたらすことのできるプロットになる。音楽作品のプロットが音楽的なように、演し物のプロットは演劇的だ。どちらもたった一つのことを表現している。すなわち、現象の世界である。しかし、どちらも素材に依拠しており、現象の世界をそれぞれのやり方で、自己流に伝えている。

われわれの元へ来たら、あらゆる演劇において見慣れたあらゆるものを忘れたまえ。多くの物事が馬鹿げていると感じられるかもしれない。劇のプロットを例に挙げよう。それは最初のうちはごく当たり前に展開し、その後、明らかに馬鹿げた見当違いの場面によって遮られる。諸君は驚く。諸君は自分が人生の中で目にしている（ように感じられる）見慣れた論理的な法則性を見つけだそうとする。しかし、そんなものはここにないだろう。なぜか？　生活から舞台に移された物や現象は、その「生活の」法則性を失い、別の「演劇的な」法則性を獲得するからである。この法則性については説明するまい。ある演し物の法則性を理解するには、それを見なくてはならないのだ。われわれには、こう述べることしかできない――われわれの課題とは、具体的な物を相互に関係させ衝突させながら、それら物の世界を舞台上にあらしめることである、と。『エリザヴェータ・バーム』上演に当たり、われわれはこの課題の解決に取り組んでいる。

『エリザヴェータ・バーム』は、オベリウの演劇部門における課題に沿って、同部門のメンバーであるダニイル・ハルムスによって執筆された。この戯曲における劇のプロットは、多くの見当違いにみえる話題によってぐらつかされている。そうした話題は、単独の、他とは無関係の、一なる存在として、物を浮き立たせている。したがって劇のプロットは、観客の眼前に明確なプロットの形をとっては現れず、あたかも出来事の背後でちろちろ揺らめいているかのようなのだ。代わりに、芝居のすべての要素から自然発生した舞台のプロットがやって来る。そこにわれわれは注意を集中させる。しかしながら、芝居の要素一つ一つはわれわれにとって固有の価値があり、貴重だ。それらは独自に存在しており、演劇的メトロノームの拍子に従属しない。こちらでは金の額縁の角が突きでている——それは芸術の物として生きている。あちらでは詩の断片が朗読される——それは自律した意味をもちながらも、おのが意思からは独立していながらも、この戯曲における舞台のプロットを前面に押しだす。書割、俳優の動き、投げ捨てられた瓶、衣装の裾は、首を横に振って色々な言葉やフレーズを口にする俳優と同様、俳優なのである。

　劇の演出はイーゴリ・バーフテレフ、ボリス・レーヴィン、ダニイル・ハルムス。舞台美術はイーゴリ・バーフテレフ。

出版会館　一九二八年一月二十四日火曜日

現代の芸術潮流を展覧するために。

オベリウの演劇の夕べ

『左翼の三時間』

オベリウ――リアルな芸術の結社。

文学、造形芸術、映画、演劇。

一時間目

入場。カンファレンスホール。オベリウ宣言。文学部門の宣言。

詩の朗読。

K・ヴァーギノフ

N・ザボロツキー

ダニイル・ハルムス

N・クロパチェフ

イーゴリ・バーフテレフ

A・ヴヴェジェンスキー

司会者は三輪車を漕いで、信じがたい軌道と形を描く予定。

二時間目

演劇を上演する予定

『エリザヴェータ・バーム』

テクスト——D・I・ハルムス。劇の演出——I・バーフテレフ、ボリス・レーヴィン、D・I・ハルムス。舞台装置と衣装——I・バーフテレフ。俳優——グリーン（エリザヴェータ・バーム）、マネーヴィチ（イワン・イワーノヴィチ）、ヴァルシャフスキー（ピョートル・ニコラーエヴィチ）、ヴィギリャンスキー（パパ）、ババエワ（ママ）、フロパチェフ（物乞い）。ステージエンジニア——P・コチェーリニコフ。

劇中

「両雄の決闘」

テクスト――イマヌエル・クラスダイテーイリク、音楽――ネーデルラントの羊飼いヴェリオパーグ。振付――無名の旅人。鐘の音が始まりを告げる。

三時間目

映画をめぐる夜想――アレクサンドル・ラズモフスキー。
映画フィルム上映
映画第一号『肉挽器』
アレクサンドル・ラズモフスキーとクレメーンチー・ミンツの監督作。
劇伴音楽・ジャズ――ミハイル・クルバーノフ。
夕べの案内人――Yu・ゴーリツ。
夕べの演出――ボリス・レーヴィン。
美術――I・バーフテレフ。

夕べはジャズの演奏と共に進行する。

公開討論

訳者あとがき

ここに訳出したのは、ダニイル・ハルムス（一九〇五〜四二）の様々なジャンルにわたるテクストである。底本としては次のハルムス全集を使用した。

Хармс Д. И. Полное собрание сочинений. В 6 тт. СПб., 1997-2002.

オベリウ宣言の底本には次の文献を使用した。

[*Заболоцкий Н. и др.*] ОБЭРИУ // Афиши дома печати. 1928. № 2 (переизд: *Дмитренко А.* (общ. ред. и сост.) Случаи и вещи: Даниил Хармс и его окружение: Материалы будущего музея. Каталог выставки в Литературно-мемориальном музее Ф. М. Достоевского 8 октября – 5 ноября 2013 года. СПб., 2013).

ハルムスについて説明する前に、まずは本書の成立事情について述べておきたい。

ここに収められている翻訳の多くは、もともと私が博士論文のために準備していたものである。その博士論文『理知のむこう――ダニイル・ハルムスの手法と詩学』は、二〇一七年に東京大学に提出されたのち、二〇一九年春に未知谷より刊行された。だが論文に添付していた「エリザヴェータ・バーム」「報復」「フニュ」の翻訳は、同書から割愛せざるをえなかった。

そこで未知谷の飯島徹氏より、邦訳書を単体で刊行してはどうか、という大変ありがたいご提案をしていただいた。大学で長年ご指導を仰いだ沼野充義先生からの後押しもあり、この幸運な出版が決まった。お二人に深く深く深くお礼申し上げる。

なお、すでに訳のあるテクストについては、複数の邦訳と英訳を適宜参照した。先覚者たちに感謝したい。

ハルムスの生涯

本書は右のような事情によって日の目を見ることになったので、『理知のむこう』の姉妹篇として位置づけることができる。ハルムスの生涯や詩学に関しては、そちらの研究書に詳しいため、ここには最低限の伝記的事実だけを記すことにする。『理知のむこう』に書いた内容と重複するが、ご容赦を乞う。

ダニイル・ハルムス（本名ダニイル・イワーノヴィチ・ユヴァチョーフ）はロシア未来派の影響下で文学活動を開始した、ペテルブルグ生まれの詩人・小説家である。

未来派詩人のもとで詩作に励んだ彼は、一九二七年十月に仲間とともに芸術家グループを立ちあげる。それが「オベリウ」だ。ハルムスのほかに、ヴヴェジェンスキー、ザボロツキー、ヴァーギノフ、バーフテレフ、レーヴィン、ラズモフスキー、ミンツ、ウラジーミロフ等が所属しており、なかでもヴヴェジェンスキー以下の最初の三人はロシア文学史に大きな足跡を残した。

「オベリウ」には文学部門のほかに、造形芸術部門、演劇部門、映画部門が設けられており、さらには音楽部門の創設も目指されるなど、その関心は芸術全般におよんでいた。彼らの最初にして最大の催しが、一九二八年一月二十四日に出版会館で開かれた夕べ「左翼の三時間」である。「一時間目」にはオベリウ派の面々による詩の朗読、「二時間目」にはハルムスの代表作となる戯曲「エリザヴェータ・バーム」の上演、「三時間目」にはラズモフスキーとミンツが監督した映画『肉挽器』の上映が行なわれた。朝までつづいた討論会によって締めくくられたこの夕べは、盛況のうちに幕を閉じたという。

アヴァンギャルド芸術への政治的締めつけが厳しさを増すなか、ハルムスは一九三一年十二月に反革命分子として逮捕され、「オベリウ」も消滅してしまう。およそ一年後に流刑地からレニングラード（ペテルブルグ）に帰還できた彼は、児童文学の仕事に本格的に従事しはじめる。ロシアの著名な児童文学作家サムイル・マルシャークの紹介により、一九二〇年代末から着手していたこの仕事は、一九三〇年代には糊口をしのぐ手段となった。

『ハリネズミ』・『マヒワ』という児童雑誌・幼児雑誌に彼は多くの詩や散文を書き残している。

しかしながら、スターリンによる圧政のもと、彼は必ずしもいつも著作を雑誌に掲載できたわけではなく、暮らしは貧窮を極めた。一九四一年、ハルムスはふたたび逮捕される。そして今度は二度と帰らず、翌一九四二年、監獄病院で死去した。

本書の性格

最初に記した通り、博士論文には「エリザヴェータ・バーム」「報復」「フニュ」という比較的長いテクストの翻訳を添えていた。本書では、すでに未知谷から邦訳の出ている「エリザヴェータ・バーム」を省くかわりに、姉妹篇である『理知のむこう』の内容と浅からず関連する、他の諸テクストを収録することにした。その際、次の方針にしたがってテクストの選定を行なった。一つ目は、未訳のテクストを中心にすること。二つ目は、バラエティ豊かにすること。

二〇一〇年頃よりハルムスの邦訳が相次いで出版されるようになった。それ自体は大変喜ばしいことだが、翻訳されるテクストは散文にかなり偏っている。そこで、本書ではなるべく多くの詩を紹介するよう心掛けた。ハルムスの創作全体のうち、詩は約半数を占めているので、これは本来当然のことといえるだろう。

とはいえ、詩の邦訳が遅れているのは故ないことではない。第一に、すでに本書を読まれた方ならただちに諒解していただけると思うが、ハルムスの詩は非常に難解だからだ。第二に、彼の詩にはロシア語に根差した造語や言葉遊びがふんだんに用いられているため、そもそも対応する日本語がなく、仮にあった場合でも、対応する日本語に移し替えるだけでは、彼の詩の肝を翻訳したことにはまったくならないからだ。

この事情に関し、「ヴヴェジェンスキーの哲学への注釈」という短い詩を例に挙げて説明してみよう。

彼は、四つん這いで部屋に駆けこみ
〈…〉
ああ、四階に来られて嬉しいのだ

「四階」と訳したロシア語は、本当は「夜会 вечеринку」を意味しているのだが、この単語は「四つん這い четвериньках」という単語と共鳴しているため、正しく「夜会」と訳してしまっては、かえってハルムスの詩の面白みを損なうことになる。そこで、本書では「四階」と意訳した。彼の詩にはこのような語呂合わせが随所にみられる。およそ詩の翻訳において、音と語義のどちらを重視するか、という問題は根源的なジレンマだが、ハルムスの詩においては特にその問題が先鋭化しているといえる。

本書のもう一つの特色は、収録したテクストがバラエティ豊かな点である。全体を「大人向けに書かれたもの」「子ども向けに書かれたもの」「エッセイ・論考」「手紙・私記」の四つのセクションに分けたうえで、詩、詩劇、散文などの様々なジャンルにおよぶテクストを配した。また、執筆時期も創作初期から後期まで広く取った。その結果、これ一冊でハルムスの創作全体の見取図を示すことができたと思う。

各セクションの内容については、それぞれの扉頁に付した簡単な解説を参照していただきたい。また、附録として掲載した「オベリウ宣言」は、ハルムスの謎めいた創作について考える糸口になってくれるものと期待している。すでに貝澤哉氏による優れた翻訳があるものの（『ロシア・アヴァンギャルド5　ポエジア　言葉の復活』国書刊行会、一九九五）、本書の読者のために新たに訳出した。

＊

初めて私がロシアの文学作品に触れたのは（それと知らずにではあったが）、幼稚園の頃だったろうか。サムイル・マルシャークの戯曲『森は生きている』の絵本を読んだのだと思う。そして小学校に上がり、原作の戯曲を読んだ。その後もくり返し、冬が来るたびに読み返した。というのも、物語の舞台が大晦日の雪深い森だったから。一月から十二月までの月の化身たちがそこで一堂に会し、新しい年を迎えるのだ。

春が来ても、何度春が来ても、『森は生きている』が相変わらず好きで、それで大学に入学したとき、ロシア語を履修することにした。これを機に、大学ではロシア文学漬けの毎日を送った。ドストエフスキー、トルストイ…チェーホフ、ゴーゴリ、プーシキン…ガルシン、ベールイ、パステルナーク…とリズムよく読み進めてゆく途上で、ハルムスに出会った。

ハルムスがマルシャークと交遊していたと知ったのは、それから随分先のことだ。『森は生きている』を出発して、アヴァンギャルドやノンセンスに差しかかり、さすがに遠くまで来過ぎたようにも思えるが、あの森、あの奇蹟の森に焚火を囲み、「燃えろ、燃えろ、明るく燃えろ」と歌う十二の月たちの輪の中へ――少年時代の読書のように長く長くつづく歓びを、いまも辿っているのだと信じたい。

小澤　識

二〇一九年春

Даниил Хармс

1905年ペテルブルグ生まれ。詩人·小説家。1920年代にロシア未来派の影響下で文学活動を開始。1927年には、ヴヴェジェンスキーやザボロツキーなどの詩人仲間とともに、前衛的な芸術家グループ「オベリウ」を結成。1930年代は主に児童文学の分野で活躍した。しかし、スターリン政権下のソ連で弾圧に遭い、1941年に逮捕。翌1942年に監獄病院で死去した。長いこと忘却されていたが、1960年代後半から、その突飛な創作が欧米で注目を集めはじめる。現在では、20世紀ロシア文学史に欠かせない重要人物の一人となった。

おざわ　ひろゆき

1982年東京生まれ。東京大学大学院人文社会系研究科博士課程修了。博士（文学）。現在、関東学院大学講師。専門はロシア文学。著書に『理知のむこう――ダニイル・ハルムスの手法と詩学』（未知谷、2019）、共著書に『ロシア文化事典』（丸善出版、近刊）。

言語機械《マシーン》
ハルムス選集

2019 年 7 月 25 日初版印刷
2019 年 8 月 5 日初版発行

著者　ダニイル・ハルムス
編訳者　小澤裕之
発行者　飯島徹
発行所　未知谷
東京都千代田区神田猿楽町 2-5-9　〒 101-0064
Tel. 03-5281-3751 / Fax. 03-5281-3752
［振替］ 00130-4-653627

組版　柏木薫
印刷所　ディグ
製本所　難波製本

Publisher Michitani Co, Ltd., Tokyo
Printed in Japan
ISBN 978-4-89642-585-7　C0098